第2図書係補佐

又 吉 直 樹

幻冬舎よしもと文庫

第2図書係補佐

又吉直樹

はじめに

渋谷の真ん中に、すり鉢状の劇場があります。我々若手芸人はその劇場で鎬《しのぎ》を削り、傷を舐《な》めあい、菓子パンを分けあい、アルバイト情報を交換しながら世に出る機会を何年も窺《うかが》い続けています。

その劇場で、二〇〇六年三月〜二〇〇九年七月の間に発行していたフリーペーパーの中で僕は本を紹介するコラムを連載させていただいていました。

自分のような人間が人様の書いた作品を勝手に紹介するなどという厚かましい行為が許されるのだろうか？　という自問もありました。しかし、劇場に足を運んでくださったお客様や他の芸人にも僕の好きな本を読んでいただき喜びを共有できたらこれほど楽しいことはないと思い、書かせていただくことにしました。本書はその時の連載をまとめたものです。

タイトルは『第2図書係補佐』。「第2」で、しかも「補佐」。

僕の役割は本の解説や批評ではありません。僕にそんな能力はありません。心血注いで書かれた作家様や、その作品に対して命を懸け心中覚悟で批評する書評家の皆様にも失礼だと思います。

だから、僕は自分の生活の傍《かたわ》らに常に本という存在があることを書こうと思いました。本を読んだから思い出せたこと。本を読んだから思い付いたこと。本を読んだから救われたこと。

もう何年も本に助けられてばかりの僕ですが、本書で紹介させていただいた本に皆様が興味を持っていただけたら幸いです。

二〇一一年十月

又吉直樹

目次

ちくま文庫（税込 903 円）

『尾崎放哉全句集』

尾崎放哉 著　村上護 編

初めて漫才のネタのようなものを作ったのは小学校に入る前だったので恐らく六歳の時だった。父親の誕生日に二人の姉が漫才を作って見せようと難しいことを言い出し、弟の僕にネタを考えるよう命令した。

その時に僕が作ったネタは、山の頂上に登った二人組のうちの一人が、高い所を怖がり「そろそろ、おろ（関西弁で「下りよう」の意）」と言ったのを、もう一人が「うん、ほなおろ」と言って、「その場におろう」と提案されていると勘違いし山頂に留《とど》まろうとする、というようなネタだった。僕が口頭で言うのを姉が紙に書き、二人の姉は何度か練習してから、父の前で紙を見ながら大きな声で朗読した。父に喜んでもらおうという三人の子供達による努力の結晶は、配慮という観念が欠落した父には一切通用せず無惨に玉砕。父はただ眉間《みけん》に皺《しわ》を寄せ口を尖《とが》らせて「どういう意味？」という顔をしていた。

そんなことに挫《くじ》けず、僕は小学生になると常時ネタ帳をポケットに入れて持ち歩き、思い付いたネタやネタになりそうな出来事を書き留めていた。

小学校高学年になると、三つ上の姉が中学の文化祭で友達と披露するコントの台本を書いたりしていた。

だが、僕にはネタ帳とは別に、もう一つ大事なノートがあった。それは絶対に誰にも見せられないノートだった。やり場のない暗い感情を書きなぐるノートだった。それは理解できない矛盾や抱えきれない憂鬱《ゆううつ》を自分なりに消化する方法だった。

しかし、苦悩する材料が我ながら低俗だった。自分と同じ「直樹」という名前の人が僕の他に二人いて、その存在が嫌で嫌で仕方なかった。ノートには『名前いらん、もう又吉だけで良い』などと書いた。ただの我儘《わがまま》だ。名前が無いと保険証やＴＳＵＴＡＹＡの会員カードが作れないぞ。

ネタ帳に書かれた言葉は漫才やコントとして人前で発表する機会が与えられるのだが、排泄物を垂れ流すように書きなぐった暗い方のノートは僕の溜飲《りゅういん》を下げるためだけの惨めな存在だった。

その暗いノートは二十代の前半まで何冊にも増えていった。月日が流れてから十代の頃に書いたノートを拡《ひろ》げて驚いた。『人間の生活のリズムは喜怒哀楽など様々な感情の起伏によって出来ているが、僕の生活のリズムは溜息《ためいき》と舌打ちによってのみ出来ている』あまりにも暗い。だけど、それを『ネガティブな思考が日本に蔓延《まんえん》している』という漫才の中で、小学生達は将来の夢を聞かれたら「フッ」と鼻で笑うし、学級目標も『溜息と舌打ちが俺達のリズム』になっていた、と言ってみたら案外お客さんが笑ってくれて、このノートも無駄ではなかったとようやく思えた。

それ以降も、どうしようもない感情や、何故《なぜ》か切り取って保存したくなる風景などをノートに書き留めるようにしていた。だが、そのノートに書かれた言葉達はなかなか日の目を見る機会に恵まれなかった。それでも、書く行為は続けていた。

そんな時に尾崎放哉の自由律俳句に出会った。

咳をしても一人

墓の裏にまわる

あった、あったと思った。あいつらの居場所あったぞと思った。

【あらすじ】自由律の代表的な俳人の一人、尾崎放哉の全句、日記、書簡を完全集録。エリート社員として嘱望されるも、家族も仕事も全てを捨てて句作に人生を捧げた漂泊の俳人の無常観が静かに綴《つづ》られている。

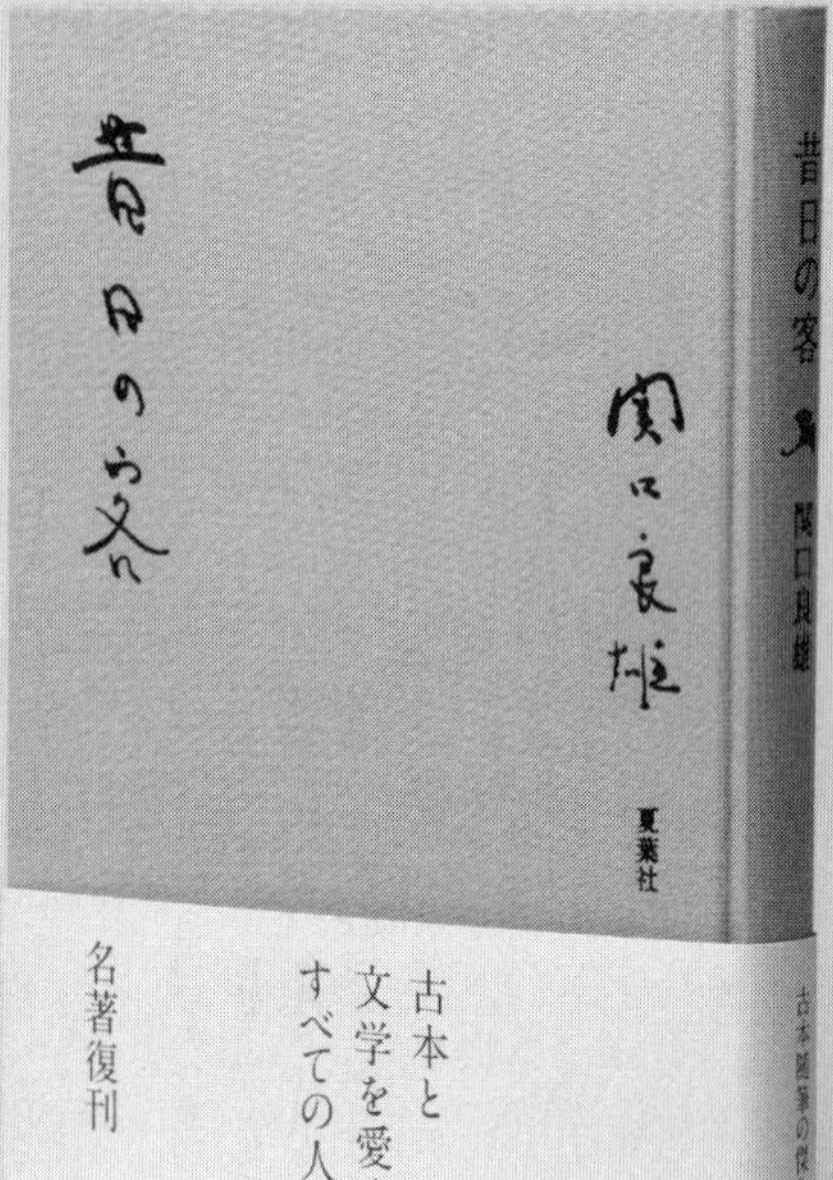

夏葉社（税込2310円）

『昔日の客』

関口良雄 著

上京して間もない頃、僕は陰気な雰囲気のためか死神や殺人者という穏やかではないニックネームで呼ばれることが多かった。そのような暗い何かに理由があるのかバイトの面接に全く受からず絶えず腹が減っていた。少ないお金で何とか空腹を誤魔化すため色々と工夫を凝らした。とにかく退屈を感じると、それに比例して空腹を感じるので、全てを忘れて没頭できる何かが必要だった。思春期の僕を虜《とりこ》にしたサッカーや音楽も相変わらず大好きだったが、空腹を忘れさせてはくれなかった。僕に関わるものの中で強力な飢餓感から意識を奪還できる唯一の行為が読書だった。読書は僕の中にあるあらゆる欲望を凌駕《りょうが》した。

その頃の僕は暇さえあれば古本屋を回り、本棚の背表紙を端から順に追い、題名から物語を想像した。作者の名で五十音順に並べられているのだが、たまに「な」の作家の列に「む」の作家が混ざっていたりすると、それを店員でもないのに「む」の列に戻してみたりもした。気になる本は手に取り裏の紹介文を読み、帯文を読み、ページを開く。するとそこに宇宙が現れる。どんどん活字が大きく濃く強くなっていき雑音が遠退《とおの》き異世界が拡がる。動悸がする。深く息を吸い込まなければと解《わか》っていながらも眼は文字を追い、もっともっとくれと指はページをめくる。「今だ」と思う。「この瞬間だ」と思う。日常でそのように思える時はそうそうない。その作家の名前や題名をいつまでも覚えておく。三百円の古本は安い。その値段で宇宙を買えるのだから相当安い。だが当時の僕には、その三百円が無かった。結局は店の軒先に置かれた雨ざらしの三冊百円コーナーから面白い作品を選ぶ。

そして再び古本屋を回り、沢山覚えた作品名が安く売られていないか探しながら、新たな宇宙を発見すべく背表紙を追い続ける。空腹と退屈を凌《しの》ぐための活動が、いつの間にか生きるための重要な糧《かて》になっていた。何物にも代え難い本を買って読むという行為を発見できた僕はとても幸運だ。

十代前半の頃、何故か上手《うま》くいかない、もしかしたら上手くいっているのかもしれないけれど満足度は全く無い、いや上手くいってるわけがない、何が？　解らない、何に悩んでいるのかが今一よく解らないのだが、とにかく胸の辺りにモヤモヤとしたものが絶えずあって、これが無くなればいいのになぁ、と思うのだけれど、一向に無くならず、もう自分は駄目なんじゃないか？　とか思っていて、誰にも相談なんか出来なくて、そんな時に古い小説を開いたら自分がいた。そこに自分と同じようにどうしようもない人間がいた。その人達は皆自分よりも歳上《とし》だったから、まだまだ可能性はある、生きられる、と思った。

そして本を貪り読んだ時期があって、読書は日常化したのだけれど、それでもどんどん本が好きになって、毎回何かしらの感動があって、それが今日にまで至る。

『昔日の客』は大森にあった古本屋の店主関口良雄さんが書いた本に纏《まつ》わるエッセイなのだが、文章から本に対する愛情が強く伝わってきた。僕にとっては凄《すご》く心地のいい本で癒やされた。買う行為も読む行為も形状や匂いや重さなども本の全てが僕にとって興味深く魅力的で大好きなのだと、この本を読んで再認識すると同時に、本が好きでいいんだよな、と何かが肯定されたような気がした。

【あらすじ】多くの小説家や文人に愛された古書店「山王書房」の主人と、店を訪れる客との心温まる交流を描く。七七年出版後、話題となり古本では入手困難となっていたが、一〇年夏葉社より復刊された。

新潮文庫（税込 420 円）

『夫婦善哉』

織田作之助 著

あんな、昔から知ってる駄目な男がおんねんけどな、わざわざ駄目って言いたくなるくらいの男の癖に、その彼女が思いやりがあって物凄《ものすご》く優しい女性やねん。ほんまに。まぁ、話を聞いてる限りやけどな。断っとくけど、俺がその女の人を好きとかちゃうで。そんなんちゃうで。そんなんちゃうねんけど、何でやろ？　そんな素敵な女性に限って必ずその優しさに付け込んで寄生する甲斐性の無い男がおったりするよな。

実際その男がほんまに難儀な男でな、そいつの話聞いてたら腹立ってしゃあないねん。何が難儀かって、解りやすく不良とかじゃないねん。社会的に見たらギリギリセーフみたいな中途半端な位置におって、一見、ちゃんとしてる人なんかな？　大きな夢を持っているがために不遇に晒《さら》されてはいるけれど、普通に働いてたら社会人として人並みに生活できてたりするような人なんやろな、実績こそ皆無やけど、いずれ大成する人やから、この人の意見は聞いとかなあかん、みたいなことを身近な人達に思わせてしまう雰囲気を一丁前に持っとんねん。けど実際のとこ、からっぽ、からっぽ、何にも無い。世間を憂いまっせ、正論言いまっせ、我々の世代が世界変えまっせ、みたいな顔してますが、何のことは無い。ただの穀潰《ごくつぶ》し甲斐性無しヘタレの阿呆《あほ》ボン。

　腹立ち過ぎて、その男と口論なった時に、どんな感じで攻めたろかな？　ってシミュレーションしてもうてる時あるもんな。

「何の権限があって君は偉そうにするのかな？　君には大きな夢があるのかもしれないが、威張るのはその夢が実現してからでいいんちゃうの？　権威の前借りで威張るってなんなん？　自分の才能が無いのを時代とか社会とか近くにいる人のせいにせんといてくれへんかな？」こんな感じで言うたったらへこませられるかな？　その男やったら鼻で笑って、「あんたも同じような糞じゃないですか、僕を鏡にして自己反省すんのやめてくださいよ」とか言うて来そうで腹立つわ。何でシミュレーションの中の、自分で想像した相手の攻撃にいてこまされなあかんねん。腹立つ。

　その男がな、彼女のことを阿呆みたいに言うのよ。男が毎月楽しみにしてる雑誌があって、ただお金が無いから毎回は買われへんねんて。ある時に、今月は奮発しようと思って男がその雑誌を買って帰ったら、彼女も同じ雑誌を買って来てて、彼女は男が喜ぶと思って買って来たんやけど、男は余計なことしやがって金が勿体《もったい》ないやんけ、と怒るのよ。可哀想やん？　彼女は良かれと思って善意で買って来てんから。でも男は悪意が無いなら何やっても許されんのか？　みたいな面倒臭いこと言い出すねん。それでも彼女はな、「でも、その時、私達は同じこと考えてたんだね」って言うたんやって。健気《けなげ》やろ。確かに無垢な心の狂気みたいなん感じひんこともないけど。

その男な、金無い癖に、たまに、まぁまぁ高い服着たりしてんねん。それもな、彼女と一緒に服買いに行くねんて。そこで男が気に入った服があって、でも高いから買うか買わないか迷ってたりしたら、彼女が「うわ～これ私も着たい！　一緒に使おうよ」とか言うて半分ずつお金出して買うねんて。彼女が率先してレジに服持って行くねんけどな、必ずその服が男のサイズやねんて。だから彼女は着られへんねん。男は彼女がミスでそないしてると思ってて、俺の彼女阿呆やろ？　とか言うねんけど、阿呆はお前や。汚い布でも身体に巻いとけ。

利害を離れて相手に何かを与えたい欲望って何なんやろ？　話だけ聞いてると偉そうに

しているが頼りない男と一見頼もしい彼女に思えるが、彼女の抱える苦労は容易に想像できる。男の才能を信じてんのか？　それでも一緒にいたいというのは単純に愛とかそういうやつなのか。
『夫婦善哉』はどんな話だったか。一見逞《たくま》しい女と頼りない男が出て来るのだが、男女が共にいる理由を理屈で説明するのではなく情景で匂わせてくれるような妙な読後感が好きだった。

【あらすじ】化粧品問屋の飲んだくれ甲斐性無しの放蕩息子、柳吉に一目惚れし駆け落ちした芸者、蝶子は所帯を持ってからも苦労が絶えない……。昭和初期の大阪下町を舞台に男女の仲を描く人情味溢《あふ》れる物語。

新潮文庫（写真は税込294円、現在は税込459円）

『杏子（『杏子・妻隠』より）』

古井由吉 著

三日間誰とも会話していないことに気付き何となく不安になり、少し声を出してみようと虚空に向かって「ああ」と発声してみた。久しぶりに聴く自分の声は声帯が弱っているのか掠《かす》れていて随分頼りなく感じられた。何より、その言葉が生活に基づいていないただの無意味な音に過ぎなかったことが妙に哀しかった。誰とも喋《しゃべ》る気がせず人に会うのが怖かった。だが部屋に居たまま自分が死んだら誰も発見してくれないんじゃないかという臆病な不安もあり、夕暮れ時になると狭い部屋から脱出して外を歩いた。毎日溜息ばかりついていて往来を歩けば高い確率で職務質問を受けるが警官にも上手く対応できず狼狽《うろた》える。二十代の前半に、そのような駄目な時期があった。絶えず自分が空中に浮かんでいるような感覚で何に対しても実感が無かった。

八月だった。仕事帰りに電車に乗るのが怖くて歩いていたら原宿に着いた。涼もうと思い入った古着屋を出にくくなり、仕方なく一番安いシャツを買って外に出た。すると神社の前にある木から青い実が一つ落ちた。「あっ」と思った。まだ夏なのに実が落ちた。そんなたわいないことだったが、何にも感動出来なくなっていた自分が些細《ささい》なことに驚けたのが嬉しかった。僕は立ち止まってしばらく落ちた実を眺めていた。多くの人が僕の横を通り過ぎて行ったが、実が落ちた瞬間から僕の視界には僕と同じように立ち止まり実を見ている人がいて、その人に意識を移行したら、その人は若い女性だった。その姿を確認した途端、何故か心が掻《か》き乱された。あの人なら僕のことを解ってくれるんじゃないか、でも知らない人だ、いやでも多分この人だと思った。

しかし、僕は知らない女性に声を掛けたことなんて無い。どうすればいいんだろう。解らないが取り敢えず近付いてみたら、女性が僕の気配に気付いて歩き出した。どうしよう。何となく追いかけたら女性は明らかに僕から逃げるために道路を走って渡った。だけど僕も何故か走って道路を渡っていた。危ない人だと思われる。いや間違いなく危ない人だ。話し掛けるにも、どう話して良いのか解らない。でも、もう追い付いてしまったから勝手に出てくる言葉に意識を委ねるしかない。「明日遊べる?」変なことを言ってしまった。

女性は恐怖で顔を歪《ゆが》め「どなたですか？」と言った。可哀想だと思った。「明日遊べる？」また変なことを言ってしまった。女性は怪訝《けげん》そうな表情を浮かべ「どなたですか？　何故明日なんですか？」と言った。「今日は暑いので明朝涼しいうちに遊べたらと思いまして」また変なことを言ってしまった。「怖いです。それに知らない人とは遊べません」と言われた。その後、僕は立て続けに変なことを言った。「暑いので…申し訳無いので…冷たい飲み物を奢《おご》らせてください…でも先程古着を買ったので…お金が無いので…奢れないので…諦めます…すみませんでした…」と言って帰ろうとしたら、女性は少し笑い「何言ってるんですか？　大丈夫ですか？　喉が渇いてるんですか？　お金を貸して欲しいという話ですか？」と言った。解らなかったので「解らないです」と言ったらアイスコーヒーを奢ってもらえることになった。女性は「最初、殺されると思って凄く怖かった」と言った。

二ヶ月程が過ぎた。その人と僕は一緒に過ごすことが多くなった。その人は凄く明るい人だった。僕は二十代前半の頃、眠れない夜は川に行った。川に行くと自然と涙が出た。そこで涙を流し体力を消耗すると眠れる時があった。その人はそんな僕を気持ち悪がったりせず笑顔で川へ送り出し、笑顔で迎えてくれた。そして梨や桃など季節の果物を剝《む》いて食べさせてくれた。その人は「何で変なことばかり言うの？　こんな頭おかしい人には初めて会った」と言った。「外では変なことを言わないように言わないように、普通にしよう普通にしようと思っていたら疲れて無口になってしまった」と言ったら不憫《ふびん》に思ったのか、「じゃあ、私の前では変なことを言ってもいいよ」と言った。「でも疲れるやろ?」と聞いたら、その人は「疲れても大丈夫」と笑顔で応えてくれた。

しかし、大丈夫ではなかった。その人は僕から毒を吸い元気にしてくれた。だが反対にその人は随分と静かになった。出会ってから数年が経《た》っていた。その人は疲れ果て東京での生活を止めてしまった。今は田舎で静かに暮らしている。

その人には日常的に本を読む習慣がなかったが、僕が大好きな作家の本だと説明し『杳《よう》子《こ》』を貸した。「私は馬鹿だから何も解らないけど、あなたが、この本を好きなのは凄く解る」とその人は言っていた。

【あらすじ】〝彼〟が深い谷底で出会ったのは、青白い肌をした〝杳子〟だった。二人は喫茶店でのデートを重ねるが……。心に闇を持つ女性との愛を柔らかく綴った切ない小説。芥川賞受賞作。

角川書店（税込 1365 円）

『炎上する君』

西加奈子 著

二十歳《はたち》の頃、僕は毎晩のようにヘッドフォンを頭に装着し鼓膜を引き裂くような爆音で音楽を聴き、眼からは大量の涙を流しながら全力で自転車をこいでいた。近所の住人達からは相当危ない奴だと恐れられていただろう。

そんな僕に吉報が届いた。姉に双子の娘が生まれた。僕は二人の女の子の叔父になった。生きるぞと思った。

初めて二人に会った時、まだ赤ちゃんだった二人を順番に抱かせてもらい順番に泣かし、その度に僕は情けなく狼狽えていた。

僕は当時から東京で活動していたので大阪で暮らす姪とはなかなか会う機会がなかったのだが、二人が五歳になった頃、ようやく大阪で会う機会ができた。姉から、「二人は人懐っこい性格だが最近髭が濃い男性を極度に怖がるふしがある」との情報が入った。僕はかなり髭が濃い方なので、二人と会う前に髭をカンナで削るかのように丁寧に剃《そ》った。

しばらく見ないうちに二人は随分大きく成長していた。だが、「大きくなったね」の言葉は何とか呑み込んだ。あまりにも紋切り型のセリフを吐くと嫌われてしまうかもしれない。いや、あまりにも慎重になり過ぎると却って会話が弾まず怖い叔父だと思われるかもしれない。元来叔父なんて存在は面白くないことを平気で言うから親しみやすいのではなかったか。いや、それでも僕は他の叔父とは一味違う東京で暮らすハイカラで特別な叔父になりたいのだ。

姪に気に入られるため、あれこれ試行錯誤する叔父を尻目に二人はお絵描きに夢中で叔父とは全く眼を合わせてくれない。こうなったら、東京にしか存在しない奇妙な動物や東京でしか見られない黄金で造られた区役所などの話をするしかない。姪に気に入られるためだ多少の嘘は厭《いと》わない。

しかし、話す切っ掛けがない。そういう都会の知識は、ひけらかしたのでは威力が半減する。あくまでも、姪達から「東京のお話を聞かせてよ」と強くせがまれ、「仕方がないなぁ、でもそんなに慌てず僕がジャケットを脱ぐまでは待っておくれよ」などと言って語り出すから値打ちがあるのだ。

姉も何とか僕と姪の関係を取り持とうとするのだが、二人は僕を受け入れてくれない。手持ちぶさたの僕は綺麗《きれい》に並んでいる色鉛筆の上に置いた手の平を前後に動かしながら何となく遊びに参加しているふりをしていた。二人が色鉛筆の箱に手を伸ばすと僕は邪魔になりそうな自分の手を慌ててどかしながら、「あっ、すみません」と出掛けた言葉を辛《かろ》うじて止めた。惨敗だった。全く仲良くなれなかった。

東京に帰り悲嘆に暮れていた僕の元に姉から電話がかかって来た。姉の話によると、二人の姪は人見知りが発症していただけで本当は僕と遊べて楽しかったらしい。しかも、二人の姪は、その日のことを絵日記に書いたので僕の家に送ってくれるらしい。本当だろうか？　二人は僕のことを嫌っていないのだろうか。

数日後、大阪から手紙が届いた。慌てて封筒を開封し絵日記を取り出した。「いっしょにあそべてたのしかった。ありがとう。またあそんでね」という言葉が書かれてあった。嬉しかった。その上に僕の似顔絵が大きく描かれていたのだが、それを見て驚いた。何と僕の顔の眼から下が全て青色で塗られていたのだ。まさしく髭のバケモノだった。二人から見たら僕はバケモノだったのかもしれない。「…またあそんでね」嘘を吐《つ》くなと思った。似顔絵を見ると嫌われていたことが解る。

眼から下が青色のバケモノ。絵の中の僕が泣いていた。二十歳の僕がそこにいた。二人はその時の僕を描いたのかもしれない。二人が描いた僕こそが僕よりも僕だと僕は思った。

『炎上する君』を読んだ。自由奔放な発想力で紡がれた短篇集。そこに描かれた幻想的な世界こそ真実と思えるのは西さんが自身の剝き出しの感性に対して誠実で率直だからだろうか。実際に声を出して笑うくらい面白い部分があるのに「笑い」と「物語」が乖離《かいり》しないのは先天的に面白い人だけが持つ特別な才能だと思う。羨ましい。


【あらすじ】容姿が優れていないという理由で、様々な抑圧を受けてきた三十二歳の浜中と梨田は今日も銭湯にいる。一番自分が手を染めなさそうな冒険をしてみようと、バンドを結成するが……。八つの短篇集。

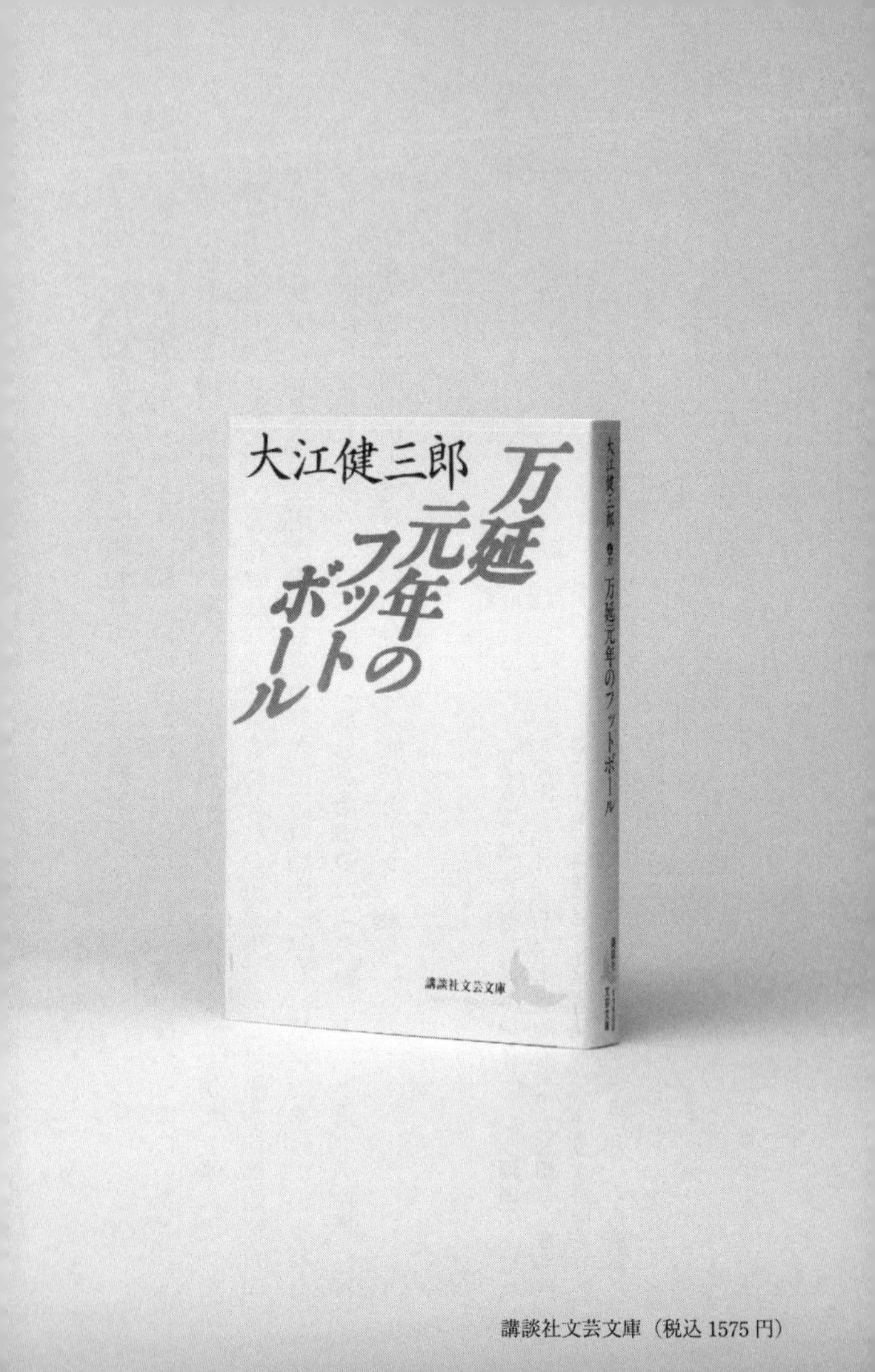

講談社文芸文庫（税込 1575 円）

『万延元年のフットボール』

大江健三郎　著

僕の父方の祖父は僕が生まれた年に他界した。亡くなる少し前に祖父の病室で僕は祖父と会うことができたらしい。祖父は酒が好きで頑固で孫にも厳しくて難しい変わり者だったらしいのだけど、何故か僕に対しては嘘のように優しかったらしい。

その様子を見ていた祖母は僕が物心付いてからもよく「直樹は宝善（祖父）の生まれ変わりだ」と言っていた。本人が生きているうちに生まれ変わりが誕生するなんて有り得ないと思うのだが。

祖父母は沖縄で生まれ育った。祖父が亡くなってからも祖母は沖縄に住んでいて子供の頃は夏休みなどによく会いに行った。祖母の家がある集落は海と山に囲まれている。どこからともなく家に侵入し飯に群がる数匹の虫を手で叩こうとしたら祖母に止められた。

「直樹！　この家に来る虫はね、お祖父《じい》ちゃんだよ。お前が帰って来たからお祖父ちゃんが見に来てるんだよ」と言った。なるほどと思った。だが数匹いるのだけれど、どれが祖父なのだろう？　疑問に思い「どれが？」と聞いたら祖母は「全部だよ」と言った。お祖父ちゃん分身の術？　魂分散？　難しい話になってきた。この手の話は幼い頃から好きだったのだが整合性が無いと気持ちが落ち着かず苦しくて眠れなかった。

夜中、寝ている祖母を起こし「お祖父ちゃんの魂は分散してんの？　それとも一匹一匹全部が完全なお祖父ちゃん？」と質問したら、祖母は眉間に皺を寄せ「あきしゃみよ、お前は本当に宝善にそっくりだよ」と言った。翌日、祖母は昨日の自分の言葉を忘れたのか丸めた新聞紙でゴキブリを叩いていた。

一体祖父はどんな人だったのだろう？　祖母も両親も僕が子供の頃は詳しく教えてくれなかった。しかし、僕は祖父と似ていると度々言われていたので祖父のことが気になって仕方なかった。ある程度成長してから両親や親戚に話を聞いた結果、祖父はかなり変わった人生を歩んだ人だったということが解った。

沖縄で生まれた祖父は何故か外国人のような顔をしていたらしい。そしてハワイに渡り、向こうでコックとして働いていたそうだ。そこで出会ったアメリカ人女性と結婚し子供をもうけている。その頃に第二次世界大戦がはじまり、最初はアメリカ軍の一員として戦地に送り込まれ最前線で弾除けみたいな扱いを受けていたらしい。終戦でアメリカ人とは離婚し沖縄に帰還して祖母と出会ったそうだ。祖父は英語がペラペラで祖父が米兵に掛けあい村に大きな公民館を建てさせたそうだ。それは僕が子供の頃に村の人に「これはアンタのおじいがアメリカに建てさせたんだよ」と言われたので知っていた。子供ながらに誇らしかったのでよく覚えている。他にも米軍施設で働く沖縄の人が給料を貰えなかったりすると祖父が手紙を米軍宛に書き、それを持って行くとちゃんと給料が貰えたらしい。

一度、祖父と祖父の前妻との子供であるアメリカ人男性が僕の父にお金を貸してくれと言いに来たことがあるらしい。父からすれば腹違いの兄だ。事前に祖母から連絡があり「兄弟だから最善の協力をするように」と強く言われていたらしいが、父は「俺も金が無かったから追い返したが完全にアメリカ人だった」と言っていた。

ハワイでコックという経歴に英語ペラペラで英語で手紙も書けて、何よりあの時代にアメリカ人女性との結婚。僕の姉は子供の頃、街を歩いていると「外人！　外人！」と指を差されていた。僕も小学校三年まで金色の体毛が生えていて、それが嫌で何度も剃った。あと、占い師によく外国の血が入っていますか？　と聞かれたりもする。非現実的だが祖父の海外との繋がりが僕達に影響を及ぼしているのだろうか。先祖に纏わる話は実に興味深く何故か惹かれてしまう。

『万延元年のフットボール』を読んだ。時々読み返したくなる小説の一つだ。久しぶりに読むと祖父のことがもっと知りたくなった。祖父を始めとする先祖の何かが僕を突き動かしている瞬間が確実にあるような気がするのだ。

【あらすじ】障害を持つ子供を抱える兄とアメリカ帰りの弟が高知県の村へ移り住み、曽祖父が起こしたという万延元年の一揆を現代に起こそうとする。ノーベル文学賞作家・大江健三郎の代表作。

文春文庫（税込 530 円）

『赤目四十八瀧心中未遂』

車谷長吉 著

上京してから長い間、舞台だけでは暮らしが立たず様々な仕事で日銭を稼いできた。毎日、引っ越しやイベント会場の設営などの仕事を与えてくれる登録制の派遣バイトをしていた。毎度同じような顔ぶれで働くのだが半年程過ぎた頃、バイト先の人達と話していると「やっぱ向こうはもっと寒い？」と禅問答のような質問をぶつけられ戸惑い、その意味を尋ねると、「あれっ？ 又吉君って東北の人だよね？」と言われた。知りあって半年も経っているのに哀しかった。関西弁の語調を一切相手に悟られない程度しかコミュニケーションを取っていなかったということだ。東北と限定されたのは短絡的な発想ではあるが無口だったことが原因だろう。僕が大阪出身だと言っても皆は薄ら笑いを浮かべていたので、このまま僕はこの人達の遊び心により偽りの経歴を与えられ人生を改竄《かいざん》されるのではないかという一抹の不安を感じた。

その一件以来、その面々と現場で顔を合わすのが嫌になり派遣する現場を独りの所に限定してもらえるように頼んだ。

そこで紹介されたのがデパートのフロアーで商品を店頭に並べたり料理グッズの使い方を通販番組のような雰囲気で、お客さんに説明しながら買っていただくという、簡単に言うと僕がもっとも苦手とする仕事だった。

誰に話し掛けて良いかも解らずおどおどしていたのだが、同じ売り場に凄く怖いパートのおばさんがいて、何もせずに突っ立っていると、そのおばさんに睨《にら》まれているような感覚になり、一応嘘でも何か作業をしなければと思いお客さんが一人も集まっていない無人の空間に向かってラップの使い方を説明してみたりしていた。どこに陳列すればいいか解らない商品のことなどをパートのおばさんに質問しても、おばさんは此方《こちら》を見向きもせず物凄いスピードで商品を店頭に並べ続けていた。きっと僕は嫌われているのだ。

ようやく、昼休みになったが昼食を買うお金が無いので食堂で水を飲んでいた。すると他のフロアーで働いているのであろう初めて見る知らないパートのおばさんに「御飯食べないの？」と聞かれた。「お腹《なか》減ってないので大丈夫です」と僕は嘘を言った。しばらくするとそのおばさんが「これ食べな」と言って、唐揚げ定食を僕の目の前に置いた。「えっ?」と顔をあげたら、おばさんは「私からじゃないよ、あの人から」と言って指を差した先に、僕と同じフロアーで働く怖いパートのおばさんが座っていた。怖いパートのおばさんは僕を睨み付け、「ちゃんと食べないと午後から力出ないよ」とぶっきらぼうに言った。厳しくされていただけに突然の優しさに戸惑いながらも格好良い人だと思った。

「すみません!　いただきます!」と言って久しぶりにちゃんとしたものを食べた。苦行のような日々の中にも救いはあった。

『赤目四十八瀧心中未遂』の主人公が送る修行のような暮らしを読んでいると身につまされる。

【あらすじ】就職先の広告代理店を辞め、ふらふらと尼崎にたどり着いた〝私〟はアパートの一室でモツを串に刺し続ける。ある日、向かいの部屋に暮らす女に「うちをつれて逃げて」と誘われ……。直木賞受賞作。

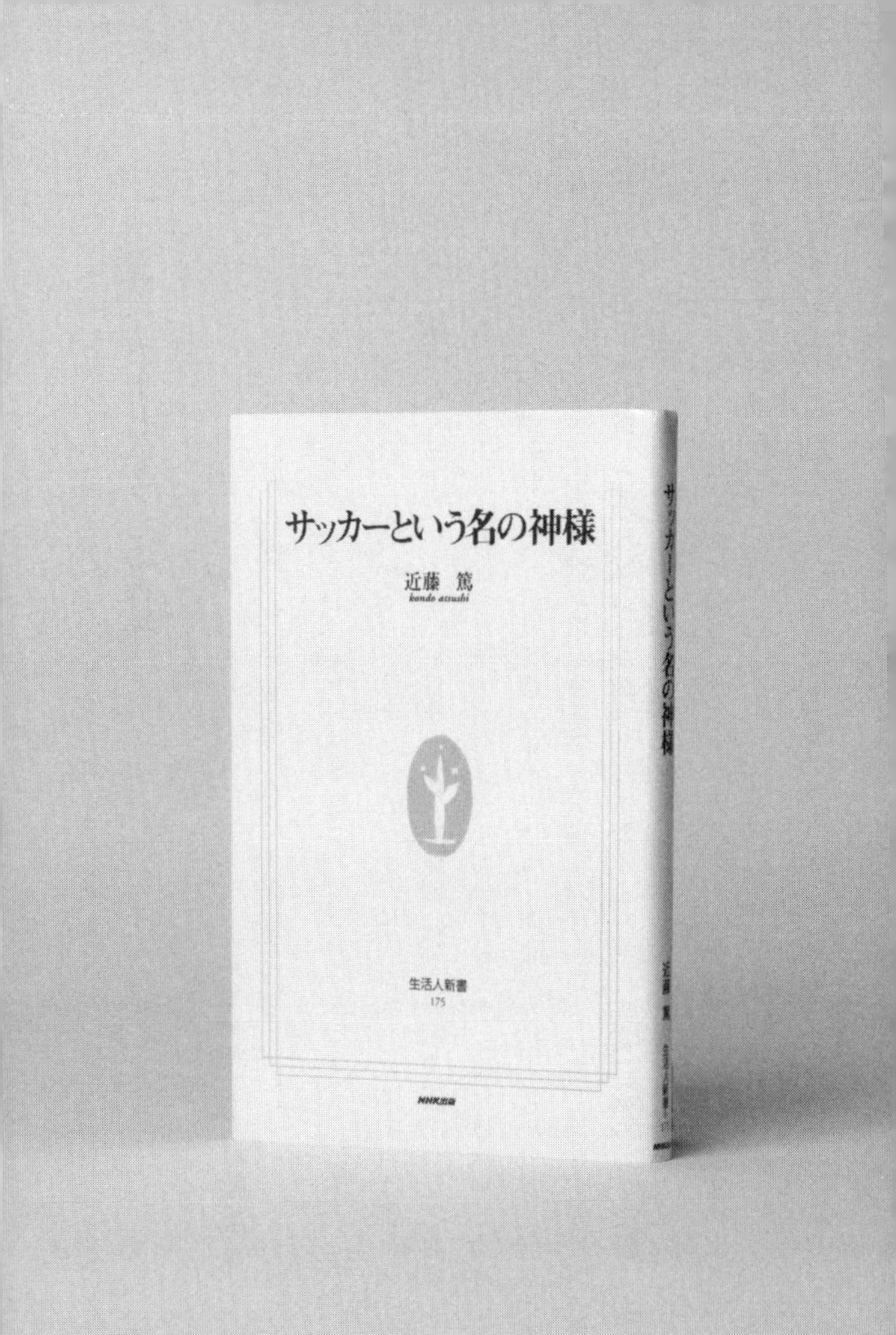

NHK出版（税込777円）

『サッカーという名の神様』

近藤篤 著

姉に「サッカー部はモテるから」とすすめられ、小学校三年の時にサッカー部に入った。しかし、僕は全くモテなかった。毎日サッカーの練習に行くのが苦痛だった。他のチームメートは有名なメーカーの上等な革のスパイクを履いていたが、僕だけは滑り止めの付いていない白い運動靴だった。皆は高級な革のサッカーボールを持っていたが、僕はボールを持っていなかったので練習がはじまる三十分前に学校に行き体育倉庫から安いゴムのサッカーボールを借りなければならなかった。僕のボールだけ異常に跳ねるので恥ずかしかった。皆は魔法瓶に氷とスポーツドリンクを入れて持って来ていたが、僕は姉から借りた花柄のプラスチックの水筒にぬるい水道水を入れたものを持参していた。僕の家はあまり裕福じゃなかったのだ。

最初の紅白戦で僕はキーパーでもないのに自分の所にとんできたボールをおもいっきり両手でキャッチした。グラウンドやグラウンド外から無数の「なんでやねん」を浴びせられた。何故そんな無茶をしたかというと、生まれて初めてサッカーをした保育園の時に「ハンドをしてしまった」と自己申告したら「わざとじゃないならハンドじゃないよ」と保育士の先生に優しく言われたのでいつまでもそれを覚えていたのだ。つまり、小学生になり狡猾《こうかつ》に成長していた僕は両手でキャッチしていながら故意ではないと主張しようと思っていたのである。貧乏で下手糞で狡猾で馬鹿なのだから救いようがない。

その頃、初めて試合を観に来た父は僕があまりにも下手過ぎて恥ずかしかったらしく「二度と観に行くかボケ!」と僕に言った。だからサッカーなんて好きじゃなかった。

しばらくすると、僕はサッカーの練習をサボるようになった。逃げたのだ。もうこのままやめようと思った。そんな時期が一年程続いていた。サッカー部のチームメートに町で会っても気まずくて隠れたりしていた。それなのに練習の前にわざわざ僕を家まで呼びに来る奴とかがいて、連日練習をサボるという明確な意思表示をしているのに何の嫌がらせなのだろうと思っていた。僕を日々の生活のスパイスにするのはやめて欲しいなどと卑屈なことを考えていた。

僕は四年生になっていた。日曜日に家でゴロゴロしていたら外国のサッカーの試合が始まった。サッカーなんて観たくなかったが父が観ていたので何も言えなかった。試合を観ているうちにアルゼンチンのマラドーナという選手と西ドイツのマテウスという選手が気になった。それは一九九〇年イタリアW杯決勝アルゼンチン対西ドイツの試合だった。

翌日から僕は何も無かったかのようにサッカーの練習に顔を出した。チームメート達は一年近くサボっていた僕を完全にやめたものと思っていたので相当ひいていた。チームメート達と僕の実力差は大きく開いていた。僕は練習に上手くついていけず皆にかなり迷惑をかけた。しかし、一番迷惑をかけた理由は運動不足や不慣れだからではない。僕は右利きなのに左足でしかボールを蹴らなかったからだ。マラドーナが左利きだったので自分も左利きにしようと思ったのだ。僕が左足で蹴るキックは全く狙った方向に飛ばないのでチームメートから苦情が殺到した。「右で蹴れや!」「何考えてんねん…右で蹴れや!」「何なんコイツ…右で蹴れや!」「意味わからんねんけど…右で蹴れや!」「久しぶりに来たと思ったら…右で蹴れや!」とチームメートの過半数から「右で蹴れや」と罵倒《ばとう》された。徐々にチームメート達はただ単に「右で蹴れや!」と言うのではなく、それぞれ個性を出すためアレンジを加え始めた。僕に「右で蹴れや」と言うのが真のチームメートになるための通過儀礼のようになっていた。だが僕はマテウスのような強い精神力で左足で蹴ることをやめなかった。そのおかげで数ヵ月後、僕は左利きになっていた。

それから、たまに京都や奈良に神社仏閣を観に行く時以外は休まず練習に参加するようになり何とかレギュラーにはなれた。左利きに変えたおかげで左サイドを任されるようになった。だが残り五分になるとダイエットのためにサッカー部に所属し中学ではサッカーをやめてバンドを組むと公言していた万年補欠の部員と交代させられるのも僕だった。

そんなある日、コーチが皆を集め「お前等、自分でサッカー上手いと思うか？」と順番に一人ずつ聞いていった。僕より遥かに上手いレギュラーメンバー達の誰もが「下手です」と答えた。僕の番が回って来た。僕はただでさえサッカーが下手なのにここで自分が下手だと言うのはあまりにも当然過ぎるし惨めだった。だから、まだ可能性がある、自分はこんなもんじゃない、腐っていません、という気持ちで「下手だとは思いません」と言ったら、コーチは「今自分で下手だと言った奴は伸びる」と言った。地獄の底に叩き落とされた。この人のルールだと僕は一生浮上できない。しんどかった。コーチの息子は中学を卒業したらブラジルに渡りプロを目指すと言っていた。僕の隣に立ってた奴は大阪の名門北陽高校に行くと言っていた。皆はそんなことを言えるほど確かに上手かった。だが僕は自分の能力の低さが解っていたので恥ずかしくてそんなことは言えなかった。

だけど、今ここでコーチに定められたルールを否定してみようと思った。母親に無理を言って中学の公式球である大きな五号ボールを買ってもらった。次の日から僕だけデカいボールで練習を始めた。コーチには「小学生が五号球を使うと足首を痛めるから駄目だ」と言われたが、もうこの人の言葉を受け入れることは自分の敗北を認めることだったから、大丈夫です、と言って五号ボールを使い続けた。独りで毎晩ボールを蹴り続けた。

中学はコーチの息子や北陽に行くと言っていた皆とは別の学校に進学した。中学での三年間は世界で一番サッカーボールに触るという目標を掲げ毎朝毎晩独りでボールを蹴り続けた。

高校は名門の北陽高校に入った。高校二年の時に、大阪の大会で毎年準々決勝まで進むチームと試合をした。僕は中盤でプレーをした。調子が良かったので何度もドリブルでゴール前まで駆け上がった。試合は三対〇で勝った。小学校の時のチームメートであるコーチの息子はグラウンドの外で球拾いをしていた。

試合が終わったあと、コーチの息子が僕のところに寄って来て、「マッタン凄いな！マッタンは俺等の誇りやわ！」と言った。コーチの息子はあまりにも良い奴だった。その試合、僕はコーチの息子を物凄く意識して普段よりも独りよがりでサディスティックなプレーをしていたので自分が酷《ひど》く性格の悪い生き物のように感じられた。
『サッカーという名の神様』はサッカーに纏わる写真とエッセイで綴られた本だ。ページをめくる度に球が蹴りたくなる。ドリブルで駆け上がりたくなる。ゴールネットを揺らしたくなる。顔面でシュートを止めるとこ見せたくなる。鼻血たらたら垂らしながら。根性無しの僕にそうさせるのはサッカーという名の神様だ。

【あらすじ】世界各地を訪れたカメラマンが、その地に生きる人々の暮らしを通して、世界中で愛されるスポーツ〝サッカー〟を見つめる。サッカーのカルチャー的側面が存分に感じられるエッセイ集。

集英社（税込 1260 円）

『何もかも憂鬱な夜に』

中村文則　著

最近、引っ越しをした。押入れの奥から見覚えのある古い段ボールが出てきたので、何となく開けてみたらボロボロのノートが大量に入っていた。そのうちの一冊を手に取りページをめくると感情が爆《は》ぜたような殴り書きが目に飛び込んできて切なくなった。他のページも他のノートも同じような有り様だった。積み重なったノートの束は僕の思春期の残骸のようだった。

思春期は一体何のためにあるのだろう。悩んでいる具体的な理由は明確には解らないのだけれど慢性的な憂鬱が連日繋がっていくような日々だった。思春期の僕は、そのモヤモヤを取り除くために色々なことを考えた。僕と似たようなことを考えていた人は多いと思う。宇宙の広さについて。世界の始まりについて。貧富の差について。戦争について。道徳の信憑性について。美醜を捉える感覚の根拠について。自分が何のために生きているのか。どれもこれも考えても考えても答えは出なかった。

そんな深刻な自分に嘘はないのだけれど、その一方で同じ思春期の僕は呆れるほど幼かった。独りで色々な味の『うまい棒』を食べ比べ「キングオブうまい棒」決定戦を開催していた。ジャッキー・チェンの映画を観た翌日は早足で階段を駆け上がった。『ランボー』を観た夜は自分独りで米軍を倒せるような気がしていた。自分はいつか覚醒して凄い力を手に入れ世界を救うという妄想。変な格好をした未来警察が「又吉君だね。未来が危ない！　力を貸してくれ」と迎えに来るという妄想。泣けるようなロックを聴いた時は、これは未来の僕が作った曲を彼等が盗作しタイムマシーンで現在に来て演奏しているのだ、そうじゃないとおかしいと思ってみたりもした。

自分の人生に期待しながらも、自分の才能の無さにも薄々気付きはじめていた。悩んでいる癖に腹が減る自分が嫌いだった。シリアスな雰囲気に浸っていても急に変な顔をしたくなったりするところも嘘臭くて嫌だった。人に優しくしたいと本気で思っているつもりが、人のために死ねるかどうかを具体的に考え出すと怖くて怖くて仕方ない自分が嫌いだった。曖昧《あいまい》や不完全という都合の良い言葉を知らなかったので自分が狡猾な偽善者だと思えて嫌だった。

ノートには自分が納得のいくような世界の始まりやシステムも妄想で書いていた。思春期は前世の記憶を失って生まれて来る人間達のために何かしなければならないという焦燥を誘発し使命を思い出させる起爆剤としての役目がある、と書いてあった。だが自分に一体何の使命があるのか？　何のために生まれて来たのか？　それらは結局解らず思考は堂々巡りを繰り返すばかりだった。そんな思春期を引きずったまま大人になってしまった人も沢山いるだろう。大人になったふりをしている人も沢山いるだろう。

『何もかも憂鬱な夜に』を読んだ。この本は僕の過去にまで遡り思春期の頃の僕と今の僕を救ってくれた。僕に必要なことは全て書いてくれていた。こんなにも明確に生きる理由を与えてくれる小説はなかった。

【あらすじ】施設で育ち現在は刑務官として働く〝僕〟の担当は、夫婦殺しの二十歳の死刑囚――。若年層による重犯罪と死刑制度という現代の社会問題に挑んだ衝撃作。

小学館文庫（税込 480 円）

『世界音痴』

穂村弘 著

駅のホームで電車を待っていると、いつの間にか自分の後ろに長い行列が出来ていた。しかし足下を見ると電車の扉が開くポイントから大きくズレている。心臓が高鳴る。今更背後の人達に「すんません間違えました」と笑顔でごまかすことなど出来ない。しょうがないのでストレッチをしているふりをしながら徐々に扉が開く地点に移動する。

「俺、何してんねやろ？」

こんな自問自答を常日頃繰り返し続ける僕が出会ったのが、歌人である穂村弘さんのエッセイ『世界音痴』だ。世界と音が合わない、世間のリズムに上手く合わすことが出来ない。ここに綴られる穂村さんの日常は、個性が過ぎる程に世界に対して音痴である。

思い返せば、僕も自らの人生に歪《いびつ》なメロディを奏でてきた。例えば中学時代の体育祭で行進をする際、同級生達が決まり文句のように「だるいわ〜だるいわ〜」と連呼するのを聞き、皆が無理やり悪ぶっているようで恥ずかしくなってしまった僕は、一人だけ自衛隊のごとく全力で行進をしてしまった。見に来た父兄達から「あの子凄い!」と写真を撮られ、校長の開会の挨拶で「感動した」と絶賛され、余計に恥ずかしい思いをしたこともあった。

他にも、気になる女の子に突然「お月様と喋ったことがある」と言われ、「何言うてんねんコイツ?」と一瞬ひきながらも、これがこの娘の個性なのだと受け入れ、自分も何か言わなければと「大好きな本を繰り返し読んでいると、その本を喰いたい衝動に駆られることがある」と打ち明け、全力で怖がられてしまったこともあった。

最近では、行きつけの喫茶店で「アイスロイヤルミルクティー」を注文すると毎回店員に少し笑われる。「ロイヤル」と発する時、無意識に調子乗ってる感が出てしまっているのか? ベーグル的な品も一緒に注文して更にロイヤル感を出してやろうか? など色々と悩むのだが、その時点で僕は世界から大きく逸脱してしまっているのだ。

まさに『世界音痴』。

それにしても、この本を読み、言葉を操る職業は数あれど、五・七・五・七・七と限定された文字数の中で特に「人生」まで表現してしまう歌人の言葉を選択する能力は凄《すさ》まじいなぁと思った。

是非、皆さんにも自分の目と感覚で御覧いただきたい。

僕もまた読みたくなってきた。本屋に買いに行こう。以前購入した本は今僕のお腹の中で、僕の胃液と音痴な戦いを繰り広げている。

【あらすじ】「今の私は、人間が自分かわいさを極限まで突き詰めるとどうなるのか、自分自身を使って人体実験をしているようなものだと思う」。そのあとがき通り、極めてパーソナルかつ共感度大のエッセイ集。

講談社文庫（写真は税込 360 円、現在は新潮文庫で税込 459 円）

『エロ事師たち』

野坂昭如 著

一九六三年。どのカテゴリーにも属さず文学界で孤立無援に咲く一輪の花。野坂昭如氏の処女作であり、日本文学史上最強の悪漢小説が発表された。千里の野に虎は放たれたのだ。この非常に風変わりな虎は発表されてすぐに一部の才能ある龍たちに認められた。その龍のうちの一人が、かの三島由紀夫である。

しかし、それから四十数年の時が流れた現在、渋谷の本屋から『エロ事師たち』が消えた。文庫本で再読しようと僕が知り得る限り渋谷の本屋を全て回ったが一冊も見つからなかった。最後の頼みとして訪ねた大手書店の本棚にも『エロ事師たち』は並んでおらず、店員に聞いてみたいが題名が題名だけに若干ためらわれる。野坂氏を知らない店員からすれば『エロ事師たち』と言われても「怪しい奴がエロ本を買いに来た」と勘違いするのがオチだろう。

しかし、このまま引き下がるわけにはいかない。倉庫に虎が眠っているかもしれない。覚悟を決めて「野坂昭如さんの『エロ事師たち』ありますか？」と尋ねると、若い店員は、プロらしき対応で僕の言葉をメモ帳に記している。「この店員デキル」。期待しつつ店員の筆先を目で追うとカタカナで『エロゴウトウ』と書いてあった。絶対見つからないと確信し店を出た。

確かにこの小説は綺麗な本棚に並ぶには異彩を放ち過ぎている。「エロ事師」とは、エロ写真やエロテープなど様々なエロを客に提供し商売としている人達を指す。主人公はその職業に誇りを持ち「人助けのヒューマニズムや」と命懸けで挑むさまが滑稽で面白い。自分の妻の葬式で「あいつはエロ事師の女房や」と言って、お経代わりにエロ映画を流す場面はアホ過ぎて逆に強烈な哀愁を感じさせる。小説は乱痴気騒ぎで最高潮に達し、そして僕が何度も読み返した壮絶なオチを迎える。

これを書いていて『エロ事師たち』が本棚に並ばない理由が解った気がする。この本は余程の文学好きでもない限り女性は手に取らない本なのだ。もし好きな女の子に「一番好きな本は『エロ事師たち』です」と言われたら正直戸惑う。僕自身は長渕剛が好きだが、好きな子が熱狂的な長渕ファンだったら戸惑ってしまうという感覚に近い。

だとしても長渕がないCD屋は成立しない。つまり、極論かもしれないが、『エロ事師たち』がない本屋も成立していないのである。僕は今から渋谷の本屋に片っ端からクレームの電話をかけることに決めた。

「渋谷の街に虎は放たれた」


【あらすじ】〝最後の無頼派〟と謳《うた》われる野坂昭如の長篇小説デビュー作。ありとあらゆる享楽を提供する〝エロ事師〟を中心に、性を渇望する男達の物悲しく滑稽な姿がユーモラスに描かれている。

新潮文庫（写真は240円、現在はカバーも替わって税込380円）

『親友交歓（『ヴィヨンの妻』より）』

太宰治　著

憚《はばか》らずに太宰治が好きだと公言している。理由は作品が面白いからということに尽きるのだが、作品に強く共感し惹かれていくと共に太宰治という作家自身にも興味を抱くようになった。

とはいえ、太宰が書いた作品の登場人物が太宰本人ではないので、あくまでも作品を手掛かりに太宰という人物を想像するしか方法はないのだが、作中に於ける登場人物達の自意識過剰な精神が事態を複雑化させ収拾がつかなくなる所など自分と重なって見えて仕方がない。太宰の作品を読み、そのように感じる人は少なくないらしい。よほど太宰の共感させる力が強いのだろう。

十年以上前の話だが、当時お付き合いしていた女性から「今日は何の日？」と聞かれたことがあった。六月十三日だった。その瞬間、脳裡《のうり》に太宰の顔が浮かんだが解らないと答えた。彼女は「初めてキスした日だ」と僕に告げた。そうだ、僕が生まれて初めてキスをした日だった。しかし何故か太宰のことが気に掛かり頭から離れないので本を開いてみると、六月十三日は太宰治が玉川上水に入水した日であった。

「ファーストキスが太宰の命日」

大人気のアイドルがリリースしても絶対に売れない曲のタイトル。

ちなみに太宰の奥さんの名は「みちこ」で僕の当時の彼女も「みちこ」だった。少し奇妙な縁に驚きながらも、僕はますます太宰に惹かれていった。

そして偶然は続く。高校卒業と同時に上京した僕は不動産屋にすすめられるまま、三鷹のアパートを借りた。三鷹といえば太宰が最後に住んだ土地である。ある本に太宰が住んでいた住所が「三鷹市下連雀1丁目○○番」とあり驚いた。僕のアパートは「三鷹市下連雀2-14」だったのだ。すごく近い。その日、近所を探索したが太宰の住所跡らしき物は見つけることが出来なかった。

それから一年が過ぎた頃、ふと太宰の正確な住居が一体何処《どこ》にあったのか気になり、三鷹市の図書館で太宰に関する一冊の本を開くと「三鷹市下連雀1-00（現2-14）」と記載されていた。これを見て思わず言葉を失った。1-00とは昔の番地で、その場所は今の2丁目14番地。つまり僕のアパートの住所だったのだ。半年探しても見つからないはずだ。僕は何も知らず太宰が作品を執筆した場所で毎日太宰作品を読みながら過ごしていたのだ。

凄い偶然があるものだ、やはり自分は太宰という作家に惹かれる運命にあったのだと自意識過剰な僕は思った。

そして先日、姉から「沖縄の家が撮影場所として飲料水のCMに使われたらしい」と連絡があった。沖縄の家というのは父の実家があった場所に新しく父が建てた家のことで、僕が育った大阪の家は借家だった。沖縄の家には今も祖母が住んでいて僕の本籍地もそこになっている。撮影場所に選ばれた理由はその辺りで一軒だけ都会風の造りだったかららしい。

久しぶりに沖縄や祖母の雰囲気に浸りたくて不馴《ふな》れなパソコンで、そのCMを検索してみて驚いた。使われているのは紛れもなく又吉家で、メロスらしき人物が学校に遅刻しそうになり慌てて走るという設定なのだが、メロスに扮した男性タレントが走って家を飛び出したシーンで、「又吉」の表札が「太宰」に変わっていたのだ。もちろん、ただの偶然に過ぎないとは解っているのだが……。もちろんCMを制作された方々は、そこがお笑い芸人の実家で、その芸人が太宰好きだなんてことは知らない。奇妙な偶然だと思うのは、やはり自意識過剰なのだろう。

「太宰は暗いから苦手」と言う人達がいる。確かに深刻な内容の作品も多い。しかし、面白くて笑えるような短篇も数多くあって、例えばその中の一つに『親友交歓』という短篇がある。これは面白かった。読んでいて思わず笑ってしまった。これを読み太宰さんは面白い人だったのだと確信した。もちろん僕は深刻な内容の作品も含め太宰作品は全て好きだ。

【あらすじ】〝私〟を訪ねてきた小学校時代の同級生は相当のならず者で、酒はせびるわ、妻に酌をしろと騒ぐわ、呆れた行為を繰り返し……。著者のユーモラスな一面を存分に味わえる一篇。

新潮文庫（税込 540 円）

『月の砂漠をさばさばと』

北村薫 著　おーなり由子 絵

子供が好きか嫌いか問われれば苦手だが好きだと答えたい。子供を見ていると意味不明な言葉を発したり理解不能な行動をしたりするので面白い。

先日、公園でサッカーをしていると小学生が近寄って来た。一緒にやりたいのかな？と思ったら突然「ねぇねぇ、お兄ちゃんのケツ蹴っていい？」と言い出した。全く意味が解らなかった。なぜ僕のケツを蹴りたいのだ？

数年前にも不思議な子供達と遭遇した。代官山を幼い兄弟が歩いていたのだが、弟の口のまわりにはべったりとチョコレートがついている。六、七歳と思《おぼ》しき姉の方に「弟の口のまわりに、チョコついてるで」と僕が教えると、お姉ちゃんは深く頷《うなず》き「うん、ショコラ！」と答えた。「気付いてたんや」とか「子供の癖にえらい良いチョコつけてるなぁ」

とか、いろいろと考えさせられた。

僕には、身内にも恐ろしい程かわいい六歳になる双子の姪がいる。実家に帰省した時、その双子の姪と近所を散歩した。スーパーに寄り「好きなもの買ったる」と言うと二人とも「うずらの卵」を一パックずつ持って来た。「お菓子にしたら？」と言うと二人は走って、お菓子売り場に行き一人はポッキー、一人はオモチャを持って来た。会計を済ますと、六百円以上したので驚いた。僕は「高いなぁ」などとブツクサ文句を垂れながら売り場までオモチャの値段を確認しに行くと、お菓子売り場のポッキーの列にうずらの卵が並んでいて笑ってしまった。

二人を家まで送り、帰ろうとするとオモチャを買った姪が「待って」と言い家に入り、しばらくして戻ると「直樹、今日がんばったからハイ五百円！」と言い渡してくれたのは五円玉だった。

あとから姉に聞くと、僕がスーパーで「六百円高っ」と言ったのを気にしていたようで、部屋に入るなり「ママ五百円ちょうだい」と願い、事態を知らぬママが「なんで？　そんな大金」と言うと自分の貯金箱を開け再び玄関に走って行ったらしい。そして僕は五百円の気持ちが詰まった五円玉を貰いながら、姪に愛《いと》しさと哀愁を感じた。

『月の砂漠をさばさばと』を読んだ時、子供と接した時と似た読後感を得た。純粋な子供と接すると時折感じる、あの物悲しさだ。

主人公のさきちゃん九歳と母親との温かい物語なのだが、その温《ぬく》もりの周辺には冷たい現実が確かに存在する。

この本は今まで安全な夢の国で子供達が繰り広げる児童文学などで泣いたことなどなかった僕のような人間にも強く伝わった。

【あらすじ】かつての自分と重ねながら一人娘を優しく見守る作家の母と、そんな母のもとで健《すこ》やかに育つ九歳の主人公。切なくもおかしな、愛情いっぱいの日々が綴られた十二篇のショート・ストーリー。

新潮社（税込 1100 円）

『高円寺純情商店街』

ねじめ正一 著

新宿から電車で七分。徒歩だと約一時間二十分。

高円寺という独特の雰囲気を持つ町がある。

「高円寺以外には住まない」という熱狂的なファンがいる一方で、「近寄りたくもない」と拒絶する人も存在し、好みが二分する意味でも特殊な町である。

一般的な高円寺のイメージは、下町風情の商店街、夏は名物阿波踊り、古着屋や安い飲み屋が立ち並び、三島由紀夫、寺山修司を崇拝する売れない劇団員や無名のバンドマンなどが多く住み、フラワー柄のシャツにベルボトムをはき反戦歌を歌う70年代ヒッピー的亡霊文化が、いまだ奇跡的に継承されている町と認識されているらしい。

実際は、お洒落《しゃれ》なカフェやマンションも多く、綺麗なＯＬ風お姉さんが普通に歩く、現代的な一面も持つ。

そんな様々な文化が融合したオモチャ箱のような高円寺において心臓と呼ぶに相応《ふさわ》しい創業六十年を誇るバーがある。古い建物には貼り紙で「文化人が愛した店」とあり、その言葉に僕は以前から惹かれていたのだが、店の風格に圧倒され、長らく入ることが出来なかった。

しかし今年三月、僕は遂に覚悟を決め、その店の前に立った。看板に書かれた「カラオケのない落着いた店」という文句が更に緊張感をあおる。だが中に入ると店内で思いっきりバラエティ番組が流れていて拍子抜けした。

店主は二十歳の頃からずっとカウンターに立ち続けている八十歳のお婆さん。店内には、常連だった作家安岡章太郎さん直筆《じきひつ》の「幕が下りてから舞台が始まる」と書かれた色紙が飾られていて興奮した。

文学密度が濃い空間で店主から色々な話を聞けた。高円寺阿波踊りは、以前『高円寺馬鹿踊り』と称していたこと。太宰の師、井伏鱒二さんも何度か来店したこと。

もっとも衝撃だったのは次のように語った店主の話である。

「私もね、若い頃は小説を書いてたの、賞で佳作とったりね、でもやめちゃった。何でか？　若いショウちゃんという作家志望の常連がいたんだけど、その子に先に賞とられちゃってね…それで嫌になっちゃった」。思い出を語る店主の話に、もしや？　と思い「そのショウちゃんという方はもしかして直木賞作家のねじめ正一さんですか？」と尋ねると「あなた若いのに詳しいわね」と笑った。

その「ショウちゃん」こと、ねじめ正一さんが昭和30年代の高円寺を描き直木賞を受賞した作品が『高円寺純情商店街』。アングラな側面だけが語られがちな高円寺だが、この商店街を巡る人情味溢れる物語で下町の温かさを感じていただきたい。

【あらすじ】物語の舞台は著者が生まれ育った東京・高円寺駅の北口に実在する商店街。乾物屋で働く両親や商店街で暮らす人々を、少年の視点から描いた古き良き日本が味わえる一作。直木賞受賞作。

角川文庫（税込 660 円）

『巷説《こうせつ》百物語』

京極夏彦 著

何故だか解らないが、僕はよく初対面の人から「君、霊感が強いやろ?」と言われることが多い。顔色が悪いからだろうか? それとも頬《ほお》のこけ方が稲川淳二さんに似ているからだろうか? 実際は全く霊感など無いので周囲の人達に霊感が強そうと期待される度に、自分の意味深な風貌に罪悪感を覚えさせられる。

以前、自ら出演するお笑いライブのチケットを街で売り歩いていた時も、チケットを買ってもらおうと、公園のベンチに座る若い女性二人に「すみません、お笑い好きですか?」と声を掛けたところ、ものすごく嫌そうな顔で「えっ? オハライですか?」と睨まれた。僕にはお祓《はら》いなど出来るはずがない。その後、彼女達は完全に無視を決め込んだので僕は「怪し気なお祓い好きの男」として彼女達の人生から抹殺されてしまった。

雰囲気だけで、霊感の弱い僕であるが、実は一度だけ不思議な体験をしたことがある。しかし、これがまた恥ずかしいほど貧弱な体験で、非常に嘘臭く聞こえてしまうので今までは出来るだけ封印して来たのだが、今回ここに書いて忘れてしまうことにする。

十九歳の頃、夜寝ていると突然金縛りにあった。体がびくとも動かない。物凄く恐ろしいのだが馬鹿な僕は好奇心に負け、目を開けてしまった。すると本棚の上に明らかにこの世のものではない何かがいる。次第に暗闇に目が馴れソレがはっきりと形をあらわした。我が目を疑った。何とソレは、ものすごく大きなキョロちゃんだったのだ。そうチョコボールのキャラクターである、あのキョロちゃんだ。驚き過ぎて心臓が痛み呼吸が困難になった。「消えてくれ」と念じ続け朝を迎えた。

そして次の日の朝、当時一緒に住んでいた同級生に「顔色真っ青やぞ」と指摘され、まだ興奮している気持ちを抑えながら「昨日金縛りにあってキョロちゃんを見た」と伝えた時に初めて自分が喋っていることのアホさに気が付いた。なぜ、よりによってキョロちゃんだったのだ？

そしてその体験を境に僕の顔色は悪くなってしまった、ということにしたい。

妖怪や怪談を扱った小説の旗手である京極夏彦さんの『巷説《こうせつ》百物語』を読んだ。時代設定に合わせた説得力の高い文章能力は読みごたえがあって楽しい。京極さんの筆力があればキョロちゃんの話さえも恐ろしく書いてくれるだろう。

【あらすじ】戯作者志望の山岡百介は、諸国の怪異譚を聞き集めるのを無類の楽しみとしているが、ある日、雨宿りに立ち寄った越後の山小屋で不思議な一味と出会う。大人気の妖怪時代小説シリーズ、第一弾。

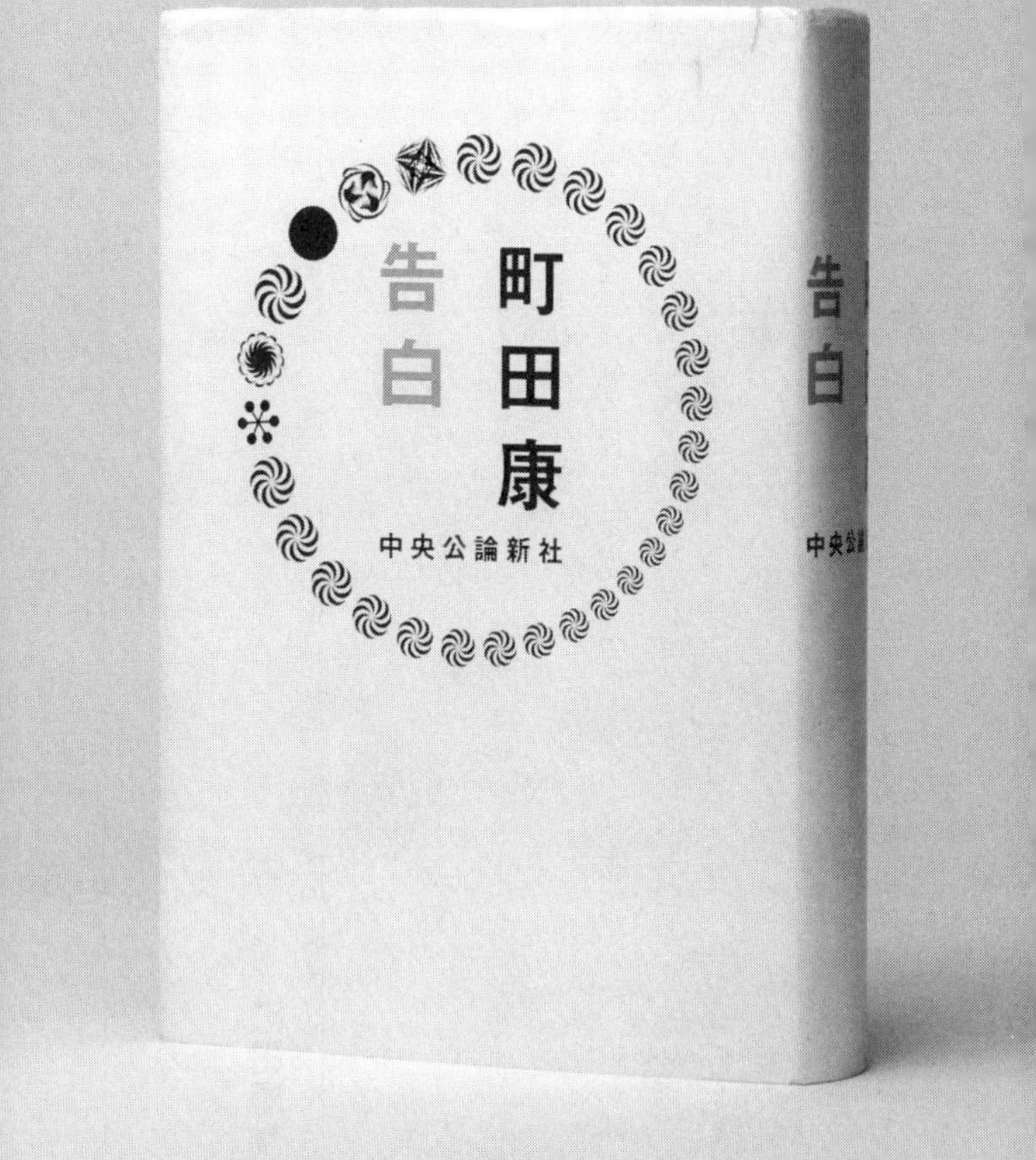

中央公論新社（税込 1995 円）

『告白』

町田康 著

誰もが必ず人に打ち明けたことのない秘密を心に持っている。それを「告白」することは物凄くエネルギーを消耗する。しかし、それと同時に溜め込んだものを外部に放出することは、ある種の排泄に似た快感も伴う。

中学時代、告白フェチと呼ばれる程、日常的に告白をする女生徒がいた。思春期の頃の僕は古風な考えだったので、毎週違う男子に告白する女生徒を「ハレンチな奴だ」と敵視していた。中学二年の頃には、男前と言われる男子はおろか、大方の平凡な男子達もその女生徒から告白され、三年になった頃には魚みたいな顔をした奴まで告白を受けていた。しかし、告白された男子は決まって彼女を振った。告白を繰り返した彼女の歴史が、彼女と付き合うことを困難にしてしまっていたようだ。男子達は告白されると「コクられた

～」と自慢気に語った。彼女に告白されることは男として認められた証《あかし》であり通過儀式となっていた。その女生徒を敵視していた僕だが、魚まで告白されているのに何故僕は告白されないのだ？　と内心焦《あせ》りはじめていた。正直な所、彼女からの告白を待ち望んでいた。「え～！　マッタンまだ告白されてへんの？」と友達に言われると僕は「まぁ、怖がってんのちゃう？」と意味不明の言葉で場を濁した。怖がるも何も当時の僕は痩せ細った坊主頭で、魚と大差のないただの米だったのだ。その女生徒からの告白を意識し過ぎた僕は次第に彼女のことが好きになった。振られ続ける彼女が愛おしくなってきたのだ。しかし、待てど暮らせど彼女は僕を体育館裏に呼び出さない。徐々に片思いに疲れた僕は、自分の気持ちを彼女に告白したくなった。周りにも煽《あお》られ、僕はとうとう彼女を体育館裏に呼び出した。三年間、体育館裏に呼び出し続けた彼女が初めて呼び出された瞬間でもあった。異常な緊張感の中「前から好きやった」と僕は告白した。その前は無茶苦茶嫌いやったことは言わなかった。すると彼女の口から思いがけない「知ってる。でもゴメン」という言葉が返ってきた。知られていた。告白にすらならなかったのだ。そして振られた。告白という発散の感覚さえ味わえない不完全燃焼極まりない終結だった。

河内音頭の河内十人斬りを題材にした町田康さんの小説『告白』の主人公は、思春期の頃の僕に似て自意識に翻弄され続けている。そして自己の存在価値を揺るがす魂の告白に至る。本を開いて五行目で笑え、尚且《なおか》つここまで人間の深淵に迫った小説は類を見ない。何度も読み返したい一冊だ。

【あらすじ】ならず者の主人公が十人を惨殺し、自らの命を絶つに至るまで。実際に起きた大量殺人事件〝河内十人斬り〟をモチーフに、人はなぜ殺人を犯すのかという究極のテーマに挑んだ渾身の長篇小説。

新潮文庫（税込 540 円）

『江戸川乱歩傑作選』

江戸川乱歩 著

江戸川乱歩という小説家の名前を初めて知った時、「なんて格好良い名前なんだ」と興奮した。乱歩、乱れ歩く。その名が、外国の作家エドガー・アラン・ポーをもじったものであると聞くに及んで、僕は更に好奇心を刺激され、江戸川乱歩という作家に興味を持った。それだけに乱歩の作品を読んだあと江戸川乱歩の本名が、あろうことか「平井太郎」というあまりにも平凡な名前であると知った時は、衝撃を隠せなかった。あの幻想的かつ官能的な作品を平井太郎が書いたとは信じたくなかったのだ。

例えば細身で中性的なカリスマ美容師の名前が「鬼瓦珍念」だったら嫌だというのと同じような違和感を覚えてしまった。

そんな違和感も含め作品を読む前から僕にとって江戸川乱歩という存在は、その名前だけで既にミステリーだったのだ。

　普段の生活の中でもミステリアスなことがたまに起こる。そのような出来事が起こる度に僕の頭の中に少しエコーがかった調子で「乱歩」という言葉が響く。そう、これが僕が友達から「お前痛いなぁ」と言われるゆえんである。

　僕は中学時代からコンバースの黒いワンスターというスニーカーを愛用していたのだが、上京して何度目かの引っ越しでなくしてしまい、お別れの時期が来たのだなと思い同タイプのスニーカーを履かなくなった。

　それから数年後、夜道を散歩していると、僕の目の前で黒く光る物体を発見した。何だろうと確認すると、なんと、数年前に僕がなくした物と同タイプのワンスターだった。「乱歩」。サイズは僕が落とした物より、ワンサイズ大きかったが、スニーカーは僕の元を離れてから旅を続け一回り大きくなって再び僕の元に帰って来てくれたのだと解釈した。次の日、再会したスニーカーを履き仕事に向かうと、先輩に「その汚い靴どうしたん？」と聞かれた。数年前になくしたスニーカーが一回り成長して昨日僕の元に帰って来たんです、と説明すると、「誰が履いてたか解らへんねんから、落ちてる靴なんか履いたらアカン」と母親のように優しく怒ってくださり、僕は当時かぶれていた乱歩の世界から現実の世界に戻って来ることが出来た。しかし、もしも数年前に僕のスニーカーを盗んだ者と数年後に僕の前にスニーカーを置いた者が同じ人間で僕の反応を見て楽しんでいたとしたら……。乱歩の世界に取り込まれると居心地が良くてなかなか脱出することが出来ないようだ。

さぁ皆さん、まずはこの短篇集に収められている『人間椅子』『赤い部屋』『鏡地獄』からどうぞ。

【あらすじ】初期を代表する傑作9篇が収められた短篇集。椅子職人が告白する驚愕の罪を描いた『人間椅子』、男たちが集まり怪異な物語を語る『赤い部屋』など、耽美《たんび》で嗜虐的世界観が詰まった一冊。

新潮文庫（税込380円）

『螢川・泥の河』

宮本輝 著

懐かしい香りを感じ、幼き日の映像がフラッシュバックすることがある。

僕がまだ、ドッジボールで戯れる同級生を尻目に校庭の隅で、無意味な全力ダッシュを繰り返し「これが男としてカッコイイ」と信じていた哀しき小学生の頃。ある日、駄菓子屋でオモチャの「ヌンチャク」を発見した。ヌンチャクを映画でしか見たことがなかった僕は、それを迷わず買い大慌てで数人の友達を呼び出しヌンチャクを見せた。友達も興奮し、皆「ウォ〜！」と叫んでいた。僕も「ウォ〜！」と叫びながらヌンチャクを振り回した。

数日後。ヌンチャクで遊ぶことにも飽きた頃、家族五人で住んでいた狭苦しい文化住宅に父親の同級生である比嘉《ひが》さんが一ヶ月ほど滞在することになった。比嘉さんは大人《おとな》しく殆《ほとん》ど喋らなかったが身体が無茶苦茶大きく、今思うと上野の西郷隆盛像そのものだった。狭い我が家に客室などあるはずもなく、僕達と比嘉さんは家族同然の暮らしを余儀なくされた。ある朝、僕が便所に入ろうとドアを開けると比嘉さんが和式の便器にまたがっていた。完全に大きなオシリが丸見え状態である。悪いのはノックもせずにドアを開けた僕なのだが、比嘉さんはケツを丸出しにしたまま振り返り「ワッサイビーン！」と謎の言葉を叫んだ。恐らく沖縄の方言なのだろう。普段優しい比嘉さんに叱られたような気がして僕はショックだった。

物静かな比嘉さんとの共同生活にも慣れた頃、僕が友達と公園でサッカーをしていると、別の友達が公園に乗り込んで来て「みんな、今すぐ神田神社に来て！」と叫んだ。何か面白いことがあるに違いないと思った僕等は急いで神社に向かった。先に到着した友達が「スゲェ〜！」と感嘆の声を洩《も》らしている。何事だと僕もみんなの視線の方に目をやると……な、なんと、夕暮れの神社境内《けいだい》で上半身裸になり、何かに取り憑《つ》かれたようにヌンチャクを巧みに振り回す比嘉さんがいたのだ。家では物静かな比嘉さんが鬼の形相で、ヌンチャクをスティックに操る姿は狂気以外の何者でもなかった。

僕は怖くて、皆に比嘉さんと知り合いであることを言えなかった。友達は「あれは相当な使い手やで」とか「達人やな」などと言っていた。比嘉さんは窮屈な暮らしの中で、ガキにオシリを見られフラストレーションが限界に達していたのだろう。その後しばらくして家を出た比嘉さんと、それ以来会っていない。数年後、「ワッサイビーン」という言葉の意味を沖縄の人に聞いたら、「ごめんなさい」という意味だった。比嘉さんは怒っていたのではなく謝っていたのだ。「大きなオシリでごめん」という意味だろうか？　比嘉さんはやはり優しい人だった。

宮本輝さんの哀愁を帯びた小説『螢川・泥の河』は日本人の身体に浸透する文体で我々の遺伝子に訴えかけ、懐かしき日々の想い出を喚起する特別な一冊だ。

【あらすじ】芥川賞受賞の『螢川』、太宰治賞受賞のデビュー作『泥の河』という著者の初期を代表する川三部作の二作品が収録された一冊。大阪、富山の川面を舞台に、少年の成長と人間の生き様が刻まれている。

文藝春秋（税込 1300 円）

『中陰の花』

玄侑宗久 著

占い師というのは変わった人が多い。以前仕事で占い師に見てもらった時、仕事運を見て欲しいとお願いしたにもかかわらず、占い師はタロットカードをめくりもせず、かき混ぜている段階で「あなたセックス下手でしょ?」と言った。とても失礼だ。せめてタロットをめくってから発言して欲しかった。

十五歳の頃、梅田の街角に立つ怪しげな占い師に占ってもらったことがある。怪しげなパーマをかけ、怪しげな赤いストールを首に巻いた占い師はオッサンかオバハンか性別さえも怪しかった。占い師が最初に発した「どっから来たん?」と言う声を聞きオッサンであることがわかった。僕「寝屋川から来た」。占い師「寝屋川か、寝屋川のどこ?」。僕「寝屋川の〇〇病院の近く」。占い師「あ～国道の方や! あそこのパン屋さん美味《おい》しいよな？」と、どうでもいいことを喋りはじめた。僕が「手相を見てもらっていいですか？」と言うと、占い師は僕の手を見て「あ〜肺とか悪いやろ？」と言った。それ国道の近くに住んでるという情報から排気ガスのイメージだけで言うてんちゃうん？　と思った。「睡眠不足ちゃう？」とも言った。それも国道がウルサイというイメージを派生させただけちゃうん？　と思った。残り時間は延々と「君は優しい」を連呼された。占い師の癖に副担任みたいなことを言う奴だと思った。

そして昨年、友達に誘われ横浜の占い師に見てもらった。占い師は手相を見るなり「長男だね。実家はもう離れたんだ。感受性強いね、本とか好きでしょ？」と驚くほどズバズバと当て、さらに「アナタの手相は『偉人』と『犯罪者』に多いの。大成功するか大失敗するかどっちかだね」と恐ろしいことを言った。弱気になった僕に占い師は「アナタは大丈夫！　すごくいい手相よ。必ず成功します。タダ一つだけ約束して、深く思い悩まず明るく生きること」と、素敵な笑顔で一番難しいことを言った。よく人から暗いと言われるが、そもそも僕に自分が暗いという自覚がないのだ。しかし占い師の言葉には説得力があった。最後に占い師は僕の手を取り「しかし、いい手相だなぁ、何歳？」と微笑《ほほえ》む。二十六だと答えると占い師は僕の手を見て「26…27…34…35あっ！」と言って僕の手を放した。

三十五歳の僕に一体何があるのか？　占い師は途中まで良い手相だったからテンションが上がり素《す》に近いノリが出てしまったのだろう。帰り道、僕は終始無言だった。僕の占いを隣りで聞いていた友達が取り繕うようにやたらと明るいのも気になった。僕が「占い師『35あっ！』って言うてたよなぁ？」と聞くと友達は「言ってない！　言ってない！　言ってない！」と必死で否定する。友達はさらに「仮に言ってたとしても死なないよ！」と言った。友達よ、僕そこまでは考えてなかったよ。

現役の僧侶である玄侑宗久さんが書いた小説『中陰の花』の中にも個性的な占い師が登場する。主人公の僧侶と占い師。作品の中で一貫して追うものは人間の生と死。心地好い筆致で究極のテーマを描き哀しくも温かい結末を迎える。

【あらすじ】芥川賞受賞作。自らの予言した日に旅立ったおがみやの女性。その死をきっかけに、主人公の僧侶が〝成仏〟することについて、改めて見つめていく。現役僧侶による静寂に満ちた描写が印象的な作品。

文春文庫（税込 770 円）

『香水　ある人殺しの物語』

パトリック・ジュースキント著　池内紀訳

小説『香水』の主人公は悪臭漂う十八世紀のパリで産声を上げるのだが、ずば抜けた嗅覚という特殊な能力を持つ。異常に鼻が利くのだ。

鼻に関しては僕も特殊な能力を持つ。異常に鼻血が出るのだ。幼い頃、ボールが鼻ではなく頭に当たっただけで鼻血が出た。条件反射の一つなのか？　もっとも酷い時はボールを見ただけでも鼻血が出て悩んだ。

先日も街中で流血しティッシュで止血した。すると前方三十メートル程の距離に同じく鼻にティッシュを詰めたオバさんがいた。これは街中で同じTシャツを着ている人と遭遇した時より遥かに恥ずかしい。その時、雑踏の音が遠くなったかと思うとその声は聴こえた。「聴こえる？」。直接脳髄に響くその声に驚いた僕は辺りを見たがそれらしき声を発している者はいない。まさかと思い三十メートル程先を見ると、鼻血のオバさんが僕に大きく頷いた。「驚かないで、私は今アナタの鼻腔に直接語りかけているの、アナタも鼻腔に意識を集中して」。オバさんに言われる通り僕は鼻腔に意識を集中しオバさんに問いかけた。「アナタは一体?」「幼き頃より鼻血を出し続けてきた者。アナタもね?」「そうです」「でもなぜアナタは羞恥心に支配されたような顔で歩いているの?」「当たり前でしょ、鼻血を出すと無条件でピーナッツの食べ過ぎとか『鼻血を出す奴はエロい』とか色々言われるんですから」「だから?」「冷た」「アナタ何も知らないのね可哀想に。世界では今も戦いなどで多くの血が流れてる。それは世界で一日に流れるべき血の量が決まっているから。だから逆に人命と直接関係のない場所で血が流れ一日に流れるべき血の量が消費されたとすれば助かる命があるの。つまり私達が鼻血を出すことによって世界のどこかで助かる命があるの」「じゃあ…」「そう、だから恥ずかしいことなんて何一つない」「そんな話、信じられません」。僕は心の中で叫んだ。するといつの間にか目の前に立っていたオバさんが鼻のティッシュを抜いた。僕は我が眼を疑った。なんとオバさんの鼻の穴の奥で兵士達が銃を構え、子供達は逃げ惑いオバさんの鼻の穴は残酷な戦場と化していたのだ。「わかった?　私達が鼻血を流さなければ現実世界のどこかでこのような惨劇が起こっていたのよ」「そんな…」。僕は血が乾いたティッシュを鼻から抜いた。火薬の匂いがしたような気がした。

一見何か関係がありそうで、『鼻』という共通項の他には実は全く関係のない駄文を長長と連ねてしまったが、この物語は凄まじい。凄まじい匂いの描写から幕を開けて、凄まじい主人公におののき、凄まじい展開に魅せられる。とにかく凄まじ過ぎる物語。この非凡で奇抜な小説の匂いを嗅いだら脳がバッカと開いて僕の平凡なイマジネーションさえも少し震えた。

【あらすじ】舞台は十八世紀のパリ。天性の嗅覚を持ち、香水調合師になった主人公がある匂いに魅せられたが故に、殺人を犯してしまう。ドイツ人作家の作品。二〇〇七年には映画が日本で公開された。

M Y S T E R Y L E A G U E
イニシエーション・ラブ
Kurumi Inui
乾くるみ
原書房
イニシエーション・ラブ
乾くるみ

原書房（税込 1680 円）

『イニシエーション・ラブ』

乾くるみ 著

「イニシエーション」という言葉を英和辞典で調べると「通例の〜」とあった。「通例」を国語辞典でひくと「一般のならわし」とあった。イニシエーション・ラブとは「よくある恋愛」みたいなニュアンスだろうか？

僕に初めて彼女が出来たのは高校一年の春だった。中学の同級生だった女子から電話があり告白された。「うそぉ、驚いたわ」と答え電話を切ると五分程経って再度電話があり「えっ？　ほんで？　何となく電話切ってもうたけど何か答えてよ」と言われ付き合いはじめた。

しかし僕は、当時サッカーに明け暮れる日々で休みなどなくデートらしきものは一切出来なかった。

彼女から言われた言葉でもっとも驚いたのは「アンタがあと10センチ身長高かったらホンマに好きになったかも」という言葉だ。それは165センチの僕のことをホンマは好きじゃないということであり、同時に「かも」という言葉はたとえ175センチあったとしても好きになるとは限らないことを指す。

僕達は高校二年の春に別れた。彼女は「今アンタのサッカーの邪魔してもうてるし、サッカー部引退したらもう一度付き合おう」と言った。僕は「二年後のことなんかわからへん」と答えた。すると彼女は「それはわかってる。その時にアンタに彼女がおったらそれはしょうがないけど、でもウチはずっと待っとく」そう確かに言った。その言葉を聞き僕の中で哀愁に満ちた複雑な感情がわき起こった。僕は心に誓った。二年後まで絶対に彼女を作らないことと二年後必ずこの娘と再び付き合うことを。

それから一ヶ月後。僕はなぜか子供用マウンテンバイクに乗っていた。ふざけて友達の弟と自転車を交換したのだ。若気の至り。悪ノリの果て。そしてゴールデンウィーク明けの朝だった。電車に乗り遅れそうだった僕が、なかなか進まない子供用自転車を必死でこいでいると前方に見覚えのある自転車が走っていた。先日別れたばかりの元彼女だった。思い何と彼女は二人乗りで前には違う制服の身長175センチくらいの男が乗っていた。

っきりお泊まりしてるやん！　と思った。出来ることなら追い抜かしたくなかった。情けない子供用自転車を呪った。永遠のように続く一本道。男にしがみつく彼女がゆっくりと振り返り目が合った。僕の目線の方が低い。「人間なんてこんなものよ」と言わんばかりに彼女が哀しく微笑んだ。僕は立ちこぎで彼女を追い抜かした。
「よくある恋愛」。しかしこの『イニシエーション・ラブ』は決してありふれた小説ではないと思う。少なくとも僕は失恋した時のような切ない気持ちになった。

【あらすじ】大学四年生の僕と彼女の恋愛模様を描いた小説。一読すると直球のラブストーリーに思われるが、実は……。「絶対に読み返したくなる」と銘打たれたミステリーとも読める一作。

新潮文庫（380 円）

『山月記（『李陵・山月記』より）』

中島敦 著

『山月記』は詩人を目指す男が一向に名声が上がらないことに苦悩し、そのプライドの高さゆえ虎に成り果てるという物語である。僕も高校の頃、自尊心の高さゆえ虎になりかけた。大阪で部員二百名を誇る全国大会常連の名門サッカー部に入ってしまったためだ。実力順でチームは細かくA・B・C・D・一年と分けられる。一年と言っても中学の大阪選抜、関西選抜など中学では10番を背負っていた奴ばかりだった。最初の練習は想像を絶する走り込み。そして足腰がガタガタになった所でリフティングを千回。失敗するとグラウンド十周。それを延々繰り返す。ほとんどの者が不毛な練習に絶望しやめていく。だが僕はリフティング千回を一発でクリアし初日でDチームへ昇格した。そして翌日にはCチームへ上がりガンバ大阪ユースの二軍と対戦。後半途中出場で2得点。Bチームへ。Bチームでは一ヶ月ほど練習し五月には一年で唯一Aチームに昇格し全国大会のメンバー入りを果たした。体がキレ過ぎて自分でも怖かった。筋トレに励み体重を62キロまで増やした（現54キロ）。二年で大阪選抜に選ばれ韓国遠征ではレギュラーの中盤をつとめ、まさにサッカー人生は順風満帆を極めていた。

そんなある日、当時高校で最強と言われていた長崎の国見高校との試合があったのだが、その頃の僕は自分勝手なプレーでチームの和を乱すためメンバーから外されていた。試合は前半終了時点で0—1。負けて迎えたハーフタイムにコーチが「お前等じゃ無理やな、又吉行くぞ」と言った。テンションが最高潮に達した僕は相手をギッタギッタにするべくグラウンドに出た。しかし後半は更に0—3とボコボコにされた。歯が立たないとはまさにこのことだと思うほど国見は強かった。帰りの電車では強烈なショックのためか上手くつり革が握れない。不思議に思い手を見ると虎のごとく爪は伸び、黒と黄色の毛がフサフサしていた。すぐさまカバンで手を隠したが周りの乗客が口を開け僕の手を凝視している。地の利をいかし六甲おろしを口ずさみ阪神ファンのフリをしてその場をやり過ごした。家に着くなり冷水でよく揉み湿布を貼ると次の日には人間の手に戻っていた。以前より毛深くなったが。あれから十年も経たぬうちに僕の肉体は衰え今では廃人同様の有り様である。

再び体を鍛えたいと思うのみで時は流れる。

「人生は何事をも為さぬには余りに長いが、何事かを成すには余りに短い」これは『山月記』の主人公、李徴の言葉だ。中島敦はこの李徴に自分を重ねていたのかもしれない。この『山月記』を発表した年に三十三歳の若さで亡くなった。

【あらすじ】前漢・武帝の時代。敵を討つために立ち向かい、捕虜になった男を描いた「李陵」、虎になった詩人の男が、偶然通りかかった旧友に変身までのいきさつを語りはじめる「山月記」など七篇を収録。

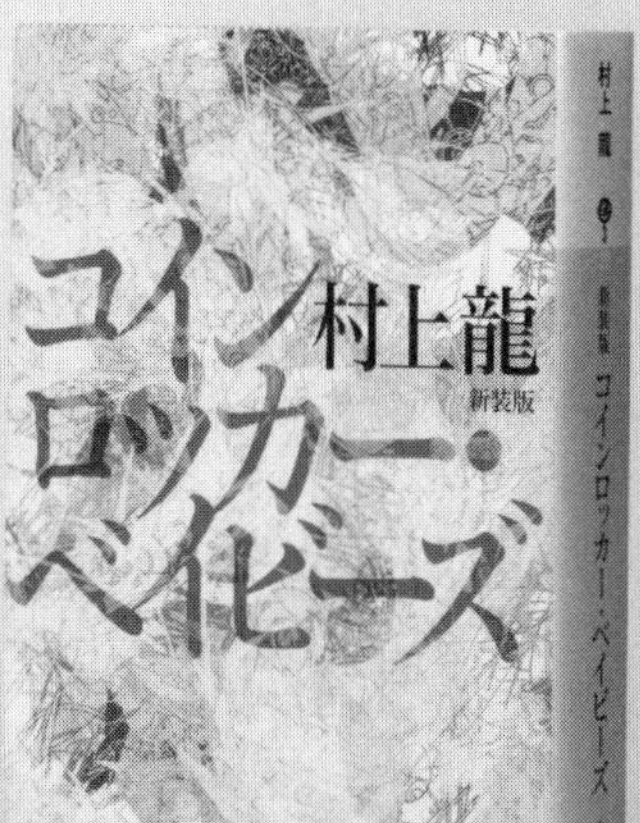

講談社文庫（920円）

『コインロッカー・ベイビーズ』

村上龍 著

皆さんは「読む」と決めた本を読みはじめるまでに八年もかかったことがあるだろうか？　今回紹介する小説は僕にとってそのような本である。

何故そんなことになったのか？　それは僕が村上龍作品を読みあさっていた八年前、古本屋で『コインロッカー・ベイビーズ』の下巻だけが安く売られていたのを購入したことに端を発する。上巻は他の古本屋で買えばいいと甘く考えた。だが上巻はなかなか見つからず一年程過ぎた頃に、ようやく古本屋で発見し「遂に読める」と張り切って購入したのが何と下巻だった。記憶が曖昧になっていたのだ。そのため部屋の本棚に同じ下巻が二冊並ぶという歯がゆい思いをした。「これはまだ読むな」という読書の神のお導きだと勝手に判断し、更に七年が過ぎた。なぜそんなにも時間がかかったのかというと、もちろん直ぐにでも読みたかったのだが、単純にお金が無かったのである。

そして最近、「よし、読もう」と覚悟を決め古本屋を何軒か回り購入したのが、あろうことかまたもや下巻だった。あまりにもアホ過ぎる。家に上巻が二冊あると勘違いしていたのだ。これで下巻だけが三冊。強烈な自己嫌悪に陥った。もしも僕が突然行方不明になり家族や警察が僕の部屋で手掛かりを捜そうとしたならば下巻だけが三冊並ぶ『コインロッカー・ベイビーズ』に何かしらの意味を求めて捜査を混乱させてしまうのではないだろうか？　そこには何のメッセージも含まれていない。僕がアホなだけだ。そんな不安に襲われ、何より早く読みたいという気持ちから本屋で新品の上巻を購入した。七年の間にバイトの時給が少し上がったのだ。真新しい上巻一冊に対し、古く日に焼けた下巻が三冊。どうすればこの様なことになってしまうのか？

そして僕は八年の時を経て『コインロッカー・ベイビーズ』と向きあった。圧倒された。コインロッカーに捨てられた二人の子供からはじまる近未来小説。近未来と言ってもSF的な表現とは異なりリアルで刺激的な世界が描かれている。借金してでも直ぐに買えば良かった。バイトで時給を上げている場合では無かった。自分の生活や周りの環境を破壊するという行為は恐ろしい。だが、その一方で破壊衝動というのも絶えずあって、何も壊せないから何も作れないのだと思わされることも多々ある。長いこと下巻だけを眺め、読まずに蓄積されたストレスさえもこの小説が破壊してくれた。

いつか遥か遠い未来の住人が、過去の世界の残滓《ざんし》として土の中から一冊の本を発見するならこの本が良いと思う。充分新世界の神話に成りうるだろう。だが出て来たのが下巻だけだったらどうしよう？　上巻はなかなか見つからないのだ。

【あらすじ】母親を探して姿を消したハシを追って東京に出てきたキクは鰐のガリバーと暮らす美少女アネモネと出会う。コインロッカーで生まれた少年たちの成長を通じて人間の闇を克明に描いた長篇小説。

新潮文庫（380円）

『銃』

中村文則 著

小学生の頃、学校の廊下に「落し物箱」という箱が設置されていた。落し物箱は、その名の通り色々な落し物が入れられている。僕は放課後に落し物箱を物色するのが好きだった。

ボロボロの体育館シューズ、開いたままの傘、片一方だけの靴下、縦笛の中を掃除する名前が解らない細い棒、何かの球根、女子によって複雑に折られたお手紙……。我ながら気色《きしょく》の悪いガキだった。

たとえ生物ではなくとも物体には各々が持つ情報や特性がある。それ等に誘発され取り留めのない空想や妄想が頭を駆け巡ることもあれば、時には何かの答えを獲得出来ることさえある。そのような時、自分は物体と対話しているような感覚になる。もちろん子供の頃は具体的な言葉で、そのような状態を認識出来てはいなかった。だが芸人の仕事を選んでから落し物箱で遊んでいた時のことを思い出す瞬間が多々ある。「モノボケ」といって、人形、ヤカン、バット、長靴、刀、一輪車など様々な小道具を使って何か面白いことを言ったり演じたりするという類の芸があるのだ。モノボケを行う際、僕は特に何も考えずモノに身を任せる。すると言葉が自然と出てくる。その時、僕から出る言葉はモノの言葉でもある。少なくとも、その物体を持たなければ僕から自然に出ることは無かった言葉だ。

しかし、何はともあれ落し物箱と戯れている姿を誰にも目撃されなかったのは幸いである。僕はボロボロの体育館シューズを手に取り薄気味悪い微笑みを独りで浮かべていたかもしれない。もしも、その光景を目撃した人がいたならば、それがたとえ心優しき保健の先生であったとしても、反射的な憎悪から僕の顔面を強く殴打したか、逆に本能的な母性から僕を強く抱きしめてくれたか、いずれにせよ平常の精神状態は保てなかっただろう。

そんなある日の朝、教室で自分のランドセルが無いことに気付き、担任が教室に来ると僕はランドセルが消えたことをすぐに伝えた。イジメの可能性に危機感を抱いたのか担任は身をのりだし犬が臭《にお》いをかぐような体勢でクラスメートの顔を睨み付け「又吉のランドセル知らんか?」と言った。誰も名乗り出る者はいなかった。担任は声を荒らげ「ランドセルみたいなデカい物が自然に無くなるわけないやろ！」と生徒達に凄んだ。僕は自分のランドセルが無くなった哀しさと自分のことで皆を巻き込んでしまった罪悪感で居たたまれない気分だった。

結局、僕のランドセルは出てこないまま昼休みを迎えた。すると友達の谷上君が僕に近より「マッタン家に忘れたんちゃう？　二年の時にも一回あったやん」と恐ろしいことを言った。その言葉を聞いて「ハッ」とした僕は誰にも見つからないように谷上君と自宅までの道を走った。ドアを開けるとランドセルは当たり前のようにポツンとあった。出掛ける前、玄関に腰をおろし靴を履き立ち上がる。その時にランドセルを背負い忘れていたのだ。ランドセルは背負い忘れられたままの状態で白い腹をこちらに見せていた。僕と谷上君は腹が千切れる程笑ったあと、何がきっかけだったか全く思い出せないが、何故か本気で殴りあい「殺すぞ！」などと罵倒しあいながら学校に戻り、自分達の教室から一番離れた場所にある落し物箱にランドセルを入れて教室に戻った。その頃には僕と谷上君は仲直りしていた。午後の授業がはじまる前に他の生徒が僕のランドセルを落し物箱から発見し事態は収まった。

担任だけは納得がいかないようでいつまでも鼻息が荒かった。

それにしても僕のランドセルを発見した奴はどんな気分だったのだろう？　恍惚を感じただろうか？　それが僕だったら良かったのにと無茶な嫉妬《しっと》を感じたりした。

中村文則さんの『銃』という小説は、平凡な大学生として日常を過ごしていた男が「銃」を拾い、それによって精神に変化をきたし日常から逸れて行くという物語である。「銃」を手にした男はどうなってしまうのか。この小説を僕は他人事ではないような気持ちで読んだ。真ん中から心をえぐられた。僕にとって特別な一冊だ。

【あらすじ】死体の傍らに落ちていた拳銃を拾った男が、それに魅せられながら孤独と緊張感に苛《さいな》まれていく。芥川賞、大江健三郎賞を受賞した若き純文学作家・中村文則のデビュー作。新潮新人賞受賞作。

新潮文庫（税込 380 円）

『あらゆる場所に花束が……』

中原昌也 著

どの枠にも収めることが出来ず、恐ろしく感じてしまう人達がいる。例えば中学校三年の頃、同じクラスに登校拒否の男子がいた。僕は彼の顔さえ知らなかった。卒業式を目前に控え、担任の「クラス全員で卒業しよう」という提案のため皆で早朝に集まり彼の家まで誘いに行ったりもしたが、彼は最後まで学校に来なかった。しかし卒業アルバムを見て驚いた。クラスごとに、「みんなのこと忘れない」「ありがとう、ずっと友達！」などと、寄せ書きするページに彼も言葉を載せていたのだが、その言葉が何と、「はじめまして」だったのだ。明らかになめている。確かに、はじめましてだが、「そんな余裕あるんやったら学校来いや」と思った。

また、例えば小学校五年の時に隣りの学校から赴任して来た男の担任はなぜか僕を忌まわしい者のように嫌っていた。普段は笑顔で女子とデレデレ喋っている癖に、ある日僕がトイレで小便をしていると、わざわざ隣りに来て二人っきりなのを確認してから、「前の学校おった時みたいに怖い鬼の俺を見せたろか!!」と怒鳴られたことがあった。僕は、「なんじゃコイツ?」と随分理解に苦しんだ。

他にも僕が公園でサッカーをしていると、「おいで〜お味噌汁飲んで行き〜」と家に誘うおばさん。関西地方の学校のトイレに出没するという妖怪「四時ババァ」を、いとこと一緒に倒したと吹聴する友達のお兄さん。何か突き抜けた感があり恐ろしく感じてしまう人は沢山いる。

中原昌也さんの小説を読むと、突き抜けた登場人物が出て来るからか、作品自体が突き抜けているからか、そんな人達のことを思い出した。

小説の構造がすごく変わっていて面白かった。よく似た雰囲気を持つ状況を違う形で何度も描写し、徐々に物語が元の場所から離れていく。短い話の蓄積であり、ストーリーでもある。しかしストーリーだけを追うと迷子になってしまうかもしれない。

中原昌也さんの小説には何を書くのか予測出来ない魅力がある。

【あらすじ】地下室で絵ハガキを作らされる男、河川敷で殺人リハーサルを敢行する一団……常軌を逸した日常が絡みあう。狂気に満ちた作風ゆえ、〝超問題作〟と称されることも。三島由紀夫賞受賞作。

コアマガジン（税込 1600 円）

『人間コク宝』

吉田豪 著

人間の本質は深く関わってみないと解らない。高校のサッカー部に身長が190センチあり、その巨大な身体だけでも恐ろしいのに何故か毎朝カミソリで頭を剃りあげてくる無口な男がいた。ある日、練習前の部室で彼が飯も食わずハイチュウばかり食べていたので僕は仲良くなるきっかけになればと思い、「一個ちょうだい」と勇気を出して声を掛けてみたのだが、彼はチラッと僕を見たものの無言。その後も彼はハイチュウを食べ続け、その量は三百円分に達しようとしていた。僕がもう一度「ハイチュウばっかり食うてるけど飯食わんでええの？」と声を掛けると、彼は暗い天井を見つめながら「もう誰も俺を止められねぇ」と呟《つぶや》いた。何言うてんねんコイツ？　と思うと同時に強い恐怖を感じた。以来『ハイチュウ』というニックネームで人気者になった彼だったが、今思うとアニメオタクのはしりだった。練習中も、「な…なぬ、俺が簡単に抜かれるだとぉ！」「俺の逆をつくとは、なかなかどうして…」などアニメや漫画のキャラクターしか使わないような言葉を多用した。

一度ミーティングでチームが二つに分裂しかけた時、キャプテンが彼に「お前はどう思う？」と聞くと、彼は何を思ったか直接質問には答えず「俺達は仲間じゃない、同志や」と本気で言い出した。皆は驚いた後、必死で笑いを堪《こら》えていたのだが誰かが我慢しきれず吹き出したのをきっかけに部室が揺れる程の大爆笑となり結果的にチームが一つにまとまったこともあった。もっとも彼の本当の同志は部室ではなくアニメイトにいたはずだが。

仲良くなるまで彼がアニメ世界の住人であることなど、およそ外見からは想像が出来なかった。しかし、それ以上に190センチもありながら彼がヘディングの競りあいが無茶苦茶弱いということは尚更想像出来なかった。

今回御紹介する本は、人の本質を知ることが出来るインタビュー集となっている。稲川淳二さん、チャック・ウィルソンさん、安部譲二さん……など個性豊かな十八人のタレントの普段はあまり語られることがない、と言うよりもむしろ「こんなん言うてもうて大丈夫なん？」といった衝撃的な濃い内容が赤裸々に語られている。

「安部譲二さんが十四歳の時に江戸川乱歩主宰の雑誌に小説を投稿したら『この子は心が病んでいる』と言われ北鎌倉のお寺に連れて行かれて写経をさせられた」など驚愕の事実を著者の吉田豪さんが次々と聞き出し痛快な内容となっている。「この人、本当はこんな人だったのか」と知れることは楽しい。本の紹介はこれくらいにして僕も今から都内の地蔵を片っ端から盗んで来よう。

【あらすじ】自称〝プロ・インタビュアー〟の吉田豪氏による濃縮人生インタビュー集。人生の酸いも甘いも全て知り尽くした強者達の知られざる〝素顔〟を浮き彫りにしている。

角川書店（税込 2835 円）

『アラビアの夜の種族』

古川日出男 著

スケールのデカいものに憧れる。奈良の大仏。太陽の塔。富士山。宇宙。大きさだけの問題ではないのだが壮大なものは偉大である。小さいゴキブリは殺す。大きなゴキブリには脅《おび》える。しかし、東京ドームほど巨大なゴキブリが出現したなら神として崇《あが》め奉るしかない。

持っていた傘に雷が落ちた瞬間、傘から手を離し一命を取りとめた逸話を持ち生徒から雷神と呼ばれるスケールのデカい教師がいた。僕が通った中学には、誰が考えたのか「耐寒遠足」という史上最低の行事があった。皆で寒さに耐えながら山に登り、体操を行い帰って来るだけ。しかも「おやつ持参禁止」という理解不能の伝統まで備える何の生産性もない恐ろしい行事だった。

猛スピードで色々な情報を摂取していた思春期の僕たちにとっては、しおりに印刷された「子供は風の子」という文字も空虚な嘘でしかなかった。当時の校内における「耐寒遠足」の位置付けは、運動部に属さず友達も少なく内気で気弱な男子に背後から突然カンチョウ攻撃をする奴と同じくらい忌み嫌われていた。

そして「耐寒遠足」当日。誰もが寒さに震えながら山を登った。目的地である何の面白みもない原っぱに到着した頃には、身体は屍《しかばね》のように冷たくなり先生に号令を掛けられたからといって、体操隊形に開く気になど更々ならず、僕達は凍えた身体を寄せあい生きるために自分の身体をさすっていた。すると、何を思ったか雷神こと体育教師の石原先生が突如ジャージを脱ぎ捨て、半袖短パンになると大きな石の上に仁王立ち。そして拡声器で「先生は寒くない!!」と絶叫した。その瞬間、誰もが「嘘吐け」と思ったであろう、石原先生の身体から急速に熱が逃げていたのか白い湯気が昇り本当に雷神のようだった。雷神の叫びは空《むな》しく生駒山にこだまして僕達には響かなかったが、渋々ながら一応体操は行われたのだった。体操を終え一人で脱ぎ捨てたジャージを着込む先生の姿は哀しかった。しかし、その時の石原先生のスケールのデカい行動は後年その場にいた同級生の間で語りぐさとなった。

『アラビアの夜の種族』というスケールの大きな物語を読んだ。「面白過ぎて読む者が夢中になり破滅する」と伝えられる「災厄の書」をナポレオンに献上しナポレオンのエジプト侵攻を阻止するという設定からして規格外だ。それほど面白い物語であると冒頭で宣言した上で、実際に作中で「災厄の書」の内容を語るという真っ向勝負。『アラビアンナイト』の世界観で構成される壮大な絵巻物。

スケールの大きな男になりたいが、今日も僕は独りでししゃもを温め食べている。

【あらすじ】舞台は十八世紀エジプト。ナポレオン艦隊が迫る中、高級奴隷アイユーブは、読む者を狂気に導く「災厄の書」を敵軍に献上するという術計を主人に進言する——。メタ・フィクション長篇。

新潮社（税込 2520 円）

『世界の終りとハードボイルド・ワンダーランド』

村上春樹 著

僕が村上作品に出会ったのは、親友と信じていた男が僕の三万円とバイクを持って逃亡した忌まわしき十九歳の夏だった。奴の失踪と共に知らない多数の番号から借金催促の電話があった。奴は「又吉が金を工面する」と色々な所で僕の番号を吹聴していたらしい。僕は烈火の如く怒ったが、その怒りをぶつけるべき当の本人は霧の中。見つけ次第、即刻殺そうと考えていた。奴の東京にいる知人を全てあたったが誰も行方を知らない。無一文の状況と裏切られた衝撃のため二ヶ月で10キロ痩せた。為す術《すべ》もなく空っぽの炊飯器を眺めつつ呆然《ぼうぜん》と奴との会話を思い返していると、異常な空腹感が僕に特別な第六感をもたらした。以前、立川でバスに乗った際に「このコンビニでバンド仲間が働いている」と奴が言ったのを思い出したのだ。

僕は記憶をたどりながら立川周辺のコンビニを何軒か回り「バンドやってる人います?」と聞いた。一つだけ奴から聞き覚えのある名前があり、何とか自宅の番号だけ聞き出せた。電話で「そいつおる?」と聞いても、居留守を使われるのは明白である。どうしよう? 国道沿いを歩いているとアメリカのような雰囲気のビリヤード場があった。昼だからか客はなく薄暗い店の中で綺麗な女性店員が一人で本を読んでいた。僕は、その店員に事情を話し何とか奴の電話番号を聞いてもらえないか相談した。すると店員さんは奴の友達の家に電話をかけ「東京ガスです。今月の振り込み用紙がコチラに戻って来たのですが住所変更されていませんよね? すみません確認させていただきます、住所は立川市砂川…」と適当な住所を言った。すると相手は恐らく「違う」と言ったのだろう。店員さんは「大変申し訳ございません! 正しい住所教えていただけますか?」と言った。

奴の友達は馬鹿だからスグに住所を明かした。急いでその住所に向かい団地の駐車場を歩いていると「なぜココがわかった?」と奴の声がした。金とバイクを盗んで逃げてた癖に奴が映画みたいな言葉を吐いたので阿呆らしくなり、僕は怒りを忘れた。奴の財産の半分、二千円を奪いバイクに乗ってビリヤード場に戻った。店員は読みかけの本を置き笑顔で迎えてくれた。何を読んでいるのか尋ねると、店員は嬉しそうに本の表紙を僕に向けた。

そこには『世界の終りとハードボイルド・ワンダーランド』とあった。この本だけは絶対に読もうと思った。本がとても面白かったので全て許しても良いと思えた。

【あらすじ】暗号を扱う計算士が自らに仕掛けられた装置の謎を探し求める「ハードボイルド・ワンダーランド」と、夢読みとして働く僕の物語「世界の終り」が同時進行で語られる。谷崎潤一郎賞受賞作。

旺文社文庫（写真は税込 273 円、現在は税込 420 円）

『銀河鉄道の夜』

宮沢賢治 著

普段優しい人が一度怒ると本当は嫌な奴。普段嫌な奴が一度優しさを見せると本当は良い人。この公式は誰が決めたのでしょう？　普段から周りに配慮している人間は多少なりともストレスを抱えているわけですから一度くらい怒っても許しましょう。「よほどのことがあったのだ」と考えるのが妥当です。

逆に普段嫌な奴に一度優しくされただけで本当は良い人と断定するのは危険です。その一度の優しさ自体は否定しませんが、自分に余裕のある時は誰でも人に優しく出来ます。自分の負担にならない範囲で人に優しくすることは気持ちが良いものです。「動物や子供が嫌いな奴は優しさが欠落した冷たい人間だ」これは一体誰が決めたのでしょう？　子供でないことは確かでしょうが、何よりその発想は子供と動物が苦手な人間に対して残酷過ぎます。意味もなく動物と子供を傷付ける人は最低ですが、ただ苦手な人もいるわけです。その人達はある程度、動物と子供のことを好きなフリをしなければなりません。可哀想に。そして好きなフリをしたらセーフで、しなければアウトなのです。危うい論理です。

ちなみに僕は女の子の前で一応犬のことを好きなフリをしますが、顔が引きつってしまうのでスグに「犬嫌いでしょう?」とバレてしまいます。そういう時に僕は必ず、「子供の頃にかまれて…」と言い訳をします。せこいでしょ? 僕は確かに幼い頃、二度犬にかまれました。しかし、かまれる以前から犬は嫌いでした。

「異性にこびない人は、かっこいい」これは誰が決めたのでしょう? 裏を返せば、異性にこびない人は同性にこびてたりします。更に異性にこびてない人は同性から好かれ、結果的に異性からも好かれたりします。そこまで計算する人はいないと思いますが。その点に関して論ずるならば、かっこいい人は異性にも同性にもこびない人です。

宮沢賢治の幻想的な世界には、そのような凝り固まった観念がありません。現象として起こることを自分の感性にそって甘受し受け入れるか否かの判断も自分で決定する世界です。作中に、「いるかは海にいるときまっていない」「ここの汽車は…ただうごくようにきまっているからうごいている…ごとごと音をたてていると、そうおまえたちは思っているけれども、それはいままで音をたてる汽車にばかりなれているためなのだ」という言葉があります。固定観念や先入観に縛られた人間は銀河鉄道には乗れません。子供のために書かれた童話の多くが童話という枠を取ると魅力が損なわれがちですが、詩人宮沢賢治が書いた『銀河鉄道の夜』はカテゴリーにとらわれず霊的な力を放つ素晴らしい小説です。

【あらすじ】行方不明の父と病気がちな母を持つ、貧しく孤独な少年ジョバンニは、ある日、親友カムパネルラと銀河鉄道に乗り込み、輝く星を越えて天空を旅する。数々の名作童話を生み出した宮沢賢治の代表作。

講談社文庫（税込 420 円）

『逃亡くそたわけ』

絲山秋子 著

今僕はこの文章を書きながら逃げている。

それは比喩という言葉遊びなどではなく、実際に髪を振り乱し息を切らし左に東京タワーを見ながら国道を全速力で走っているのだ。逃げながら文章を書くのは大変難しいのだが、奴に捕まると面倒だから兎に角逃げようと思う。この原稿の締め切りは今日なのだ。

振り返れば僕の人生は逃げ続けた人生であった。十代の頃に街で不良にからまれると僕は必ず逃げた。僕に「戦う」という選択肢はなかった。唯一、「逃げる」という行為からは絶対に逃げなかった。あまりにも不良にからまれ過ぎるため、僕は不良にからまれそうな状況に陥っても何とか未然に防げる独自の対処法を身に付けた。

不良と目が合うとする。それが一秒未満の時はスグに目をそらす。不良は見られることを極度に嫌がるので一秒以上は絶対に目を合わせてはいけない。もしも、一秒以上目が合ってしまった時は、「コンタクトレンズがずれて目が痛い」という演技をする。すると、不良は「何だ、こちらを睨んでいたのではなく目に生じた違和感を確認している時にたまたまこちらに顔を向けていただけか」となる。

万が一、目が合ったまま二秒を超えてしまった時は可愛らしくアクビをして目をパチパチさせる。すると不良は思わず「守ってあげたい」という衝動に駆られる。殴られるどころか運が良ければチューイングガムなどが貰えるかもしれない。そして、絶対にあってはいけないことだが、もしも三秒を超えてしまった時は、開き直って「お疲れ様です」と丁寧に挨拶をする。八年間修業を積みようやく独立することが決まった板前が最後の仕事が終わった厨房で、いつも憎まれ口を叩いていた厳しい板長に新品の刺身包丁を差し出され「てめぇは握力がないからこんくらい軽い方が合うと思ってよ…餞別だ…お疲れさん」と言われ背中を見せられた時のような気持ちで深々と頭を下げるのがコツだ。場合によっては、「いま西暦何年ですか？」と未来から来たふりをする、「お兄さん…三年間もどこに行ってたんだよ？」と可哀想な弟を演じる、「私が見えるのかい？」と幽霊のふりをするなども有効だろう。とにかく不良の気合いの入り方に合わせた対処法が必要だ。

そんな僕は今日も逃げている。ここはどこだろう？　もう東京タワーはどこにも見えないから随分遠くまで来てしまったようだ。もう走れない。足は重たいし、胸も苦しくなってきた。

いつの間にか奴が僕との距離を詰めている。奴はこの原稿をビリビリに破こうとしているのかもしれない。そのうちに僕は倒れ奴に捕まるだろう。その前に何としても、この原稿だけはポストに投函しなければ、この文章が誰にも読んでもらえなくなってしまう。

ところで奴の正体は何なのだ？　締め切りか？　幼き頃、手をつけぬまま夏の残骸のようになっていた夏休みの宿題か？　犬か？　僕が恐怖感によって肥大化させてしまったチワワか？　その正体は恐らく巨大な不安の集合体だ。

そうだ、『逃亡くそたわけ』は一見逃げる物語なのだが、実は逃げながら人生に向き合い活動する人生讃歌でもあるのだ。だから読後に元気が出た。

赤いポストが見えた。汗で切手を貼った。原稿を入れるぞ。巨大な不安に捕まる前に。

そして、もう一度『逃亡くそたわけ』を読むことにしよう。

【あらすじ】自殺未遂を起こし精神病院に入院している主人公・花ちゃんが、入院中の若い男・なごやんを半ば強引に誘い、病院から逃亡を図る。福岡から鹿児島まで、おんぼろ車で逃げ続ける男女のひと夏の物語。

新潮社（税込 1575 円）

『四十日と四十夜のメルヘン』

青木淳悟　著

豪邸が立ち並ぶ閑静な住宅街の一角に、ポツンと佇《たたず》む築六十二年の風呂無しトイレ共同のアパートがある。そこに僕は住んでいる。すごく古いアパートなのだが、そんなことを一切考慮されていないようなチラシが郵便ポストには沢山投函される。エコロジー精神のかけらも持ち合わせていない僕だが、昔からチラシを捨てるのには少しばかり抵抗がある。だから初めから貰わないでおこうと考え、「郵便物以外のチラシ広告等の投函を一切禁ずる」という貼り紙をポストに貼ったのだが、なぜか繰り返しチラシは投函されてしまう。例えば、「土地をお売りください」。持っているわけがない。高級住宅を回った惰性で配っているのだろうが無理がある。僕のアパートの前を通るカップルや夫婦がよく言うセリフの第1位が、「うわ〜三丁目の夕日みたい〜」、第2位が、「トキワ荘」なのだから普通は気付くだろう。しかも僕の部屋は二階だ。ミシミシと鳴る階段を上って来た癖に、よく投函出来たものだ。このアパート全体の土地を、アパートの住人が個人で所有しているはずがないだろう。

この怠慢加減は喧嘩を売っているとしか思えない。チラシに記載されている電話番号に電話をかけた。僕「あのう、けっこうな頻度でおたくの『土地をお売りください』というチラシがポストに入っているんですけど…」相手「はい」僕「あのう、この辺りで土地を探してるんでしょうけど、僕はアパート住まいでしてね、土地なんか持ってるわけないじゃないですか？」相手「申し訳ございません！　申し訳ございません！　大変失礼なことを…、すぐに契約している広告の会社に連絡致しまして、二度とこのようなことが起こらないように致します。本当に申し訳ございません！」。謝り過ぎだ。「なに憐れんでくれてんねん、切なくなるわ」と思った。

その電話以来、土地のチラシがポストに入ることはなくなったのだが、いまだに他のチラシは投函されていて、最近ポストに入っていたチラシは、「ピアノお売りください！」。持っているわけがない。「ヨーロッパ家具の店！　買います！　売ります！」。そのカテゴリーは何なのだ？　適当に僕のポストにチラシを投函している奴の住所を突き止めて、そいつのポストに、「アナタの一番大切なものをください」「昔ここは墓地でした」などの難解なチラシを投函しまくり、精神的に追い込んでやりたいと思う今日この頃である。

青木淳悟さんが書いた、『四十日と四十夜のメルヘン』は、チラシが重要な役割を果たす不思議な小説だ。作中に登場人物が書いた小説が出てくるのだが、それも面白かった。気になる作家さんだ。

【あらすじ】チラシ配りで生計をたてる〝わたし〟は、配りきれなかったチラシの裏に〝自分だけのメルヘン〟を綴りはじめる。現実と幻想が錯綜するファンタジックな世界を描く。野間文芸新人賞受賞作。

筑摩書房

『人間失格』

太宰治 著

太宰の小説に書かれる若者の多くが、「これは自分のことを書いている」「太宰は自分とそっくりだ」「太宰だけが自分のことを解ってくれる」などという感想を持つらしい。僕もそうだ。

皆さん、一人で家にいる時に突然正体不明の衝動に駆られ他人に見せられないような変な顔をすることはないか？　突然裏声を出してみたり、全然面白くない動きをしてみたり、普段は大人しい癖に一人で階段をリズミカルに上ってみたり、人から聞いた話をさも自分が発見したかのように発表してみたり、ヤクザ映画やアクション映画を観終わった直後自分が最強になったような気がしたり、旅行先でテンションが上がりきっている時に本気で親に怒られ心が深く傷ついたがそれを親に悟られたら更にみじめになるから無理に明るく振る舞っているのに「本気で言ってんねんぞ！」と追い討ちをかけられたり、嘘が相手にバレていることに気付いているがお互いのために嘘を吐き続けたり、彼氏のサッカー話に退屈したり、退屈している彼女に気付いていたり、徹夜で勉強するはずが部屋にある漫画を一巻〜全部読んでしまい全く勉強していないのに朝まで起きていたことで良しとしたり、何となく赤ちゃんをワザと泣かしたり、全然意味が解らないけどセンスの良い人が皆良いと言うから自分も一応良いと言ったり、昔クラスで一番人気者だった奴の話を自分のこととして話したり、何も解らない癖に「福田総理は駄目だ」と言ってみたり、雑誌の心理テストを一人でやり結果に納得がいかなかったら納得のいく結果から逆算して途中の答えを出してみたり、山では素直に挨拶が出来たり、好きな女の子を助ける場面を想像したり、思いがけず浴槽で放屁し昇ってきた水泡に鼻を近付けたり、誰もが墓まで持って行こうと心に決めた恥ずかしい秘密を一つは必ず持っているはずだ。

そのような感覚を全てさらけ出したのが『人間失格』。この小説を中学生の僕は前半笑いながら読み、後半は憂鬱に読み、読後は人間不信に陥った。

小説の楽しみ方は色々とあるが、僕が文学に求める重要な要素の一つが、普段から漠然と感じてはいるが複雑過ぎて言葉に出来なかったり、細か過ぎて把握しきれなかったり、スケールが大き過ぎて捉えきれないような感覚が的確な言葉に変えて抽出されることである。そのような発見の文章を読むと、感情の媒体として進化してきた言葉が本来の役割を存分に発揮できていることに感動する。多くの人が、自分との共通点を太宰文学に見出《みいだ》すのも太宰がその感覚に長けているからだろう。

そんな『人間失格』の第一の手記は、「恥の多い生涯を送って来ました」という象徴的な言葉から始まる。僕も自分の人生を振り返ってみると、驚くほど恥ずかしいことしかない。

【あらすじ】太宰治の代表作の一つ。道化を演じた幼少期から、情死事件を起こしたり自殺未遂をする青年期まで、主人公の苦悩が、三つの手記によって綴られている。生誕百年の〇九年に初めて映画化された。

講談社文庫（税込 730 円）

『異邦の騎士（改訂完全版）』

島田荘司 著

この物語は記憶を失った一人の男がどこだか場所も解らぬベンチで目覚めるシーンから幕を開けるハードボイルドミステリーだ。僕達は普段、「冷蔵庫を開けたはよいが何をしようとしたのか？」と色々なことを忘れてしまう。しかし、「あっ、そうだ、昨日殺したアイツを埋めに行くんだった」となるようなことは滅多にない。日常の大部分の記憶は残っているので安全からは逸脱しないという安心感も多少ある。しかし、完全に記憶を喪失することは想像するだけで恐ろしい。自分が何者か解らずに、どうやって生きていけばよいのか？

もしも自分が暗い性格だったことを知らずに記憶を失い、記憶を失う以前に属した集団に再び入れられた時、無邪気に明るく振る舞ってしまったら相当恥ずかしい。「アイツあんな感じじゃなかったのに、無理してない？」と陰で噂されてしまうかもしれない。

例えば僕が全ての記憶を失ったとしたら？

ある朝僕はベンチの上で目を覚ます。だが自分が誰だか解らない。困り果てウロウロと歩き、窓に映る「おかっぱで猫背の男」に驚く。まさか、これが自分なのか？　自分の姿を知ったがために、ますます自分が何者であるのか解らなくなる。便所を探し鏡に映る自分を見て絶句する。頬はこけ、髭は濃い。この男は何者なのだ？　恐らく学生でも、会社員でもない。ゆるんだ肉体を見る限りスポーツ選手でもないだろう。携帯電話は誰かに盗まれたようだ。ポケットを探ると財布があり免許証が入っていた。そこに書いてある住所を頼りに着いた先は嘘みたいに古いアパート。免許証の名前と照らし合わせポケットの鍵で一つの部屋に入る。本棚が並んでいる。その本の背表紙を順に追っていく。小説の他は民族学と妖怪関係の本が多い。本棚の上には天狗《てんぐ》と狐のお面。壁には着物が掛かっている。玄関にはサッカーシューズ。ノートには「ピース」というなぐり書き。ピース？　平和？

一体僕は何者なんだ？

数時間後、一匹の妖怪が武蔵野の道を疾走している。はだけた着物は風にたなびき手には古本。足にはサッカーシューズ。頭は左が狐で右が天狗。暗闇の中「ピ～ス！」と吠える。そうだ、記憶を失う前の僕は平和を愛する妖怪だったんだ。そして妖怪の僕はある家の前に立ち叫ぶ。「水木しげる先生〜！　僕も鬼太郎と共に戦いたいです！」。運良く水木先生の作品に出していただき平和に貢献できる可能性は低い。現実を間違えた男の結末は警察に連行されて終わりだろう。

この小説の主人公は、いろいろな人に聞き込み本当の自分を探しに行く。すると思いもよらぬ展開が待っている。ハードボイルドファンの方、ミステリーファンの方におすすめです。

【あらすじ】公園のベンチで目が覚めると記憶喪失だった——。過去を断片的に取り戻すうちに浮かび上がる戦慄の事実とは。人気シリーズ〝名探偵・御手洗潔〟最初の事件にして、島田荘司の幻のデビュー作。

メディアファクトリー（税込 1260 円）

『リンダリンダラバーソール　いかす！バンドブーム天国』

大槻ケンヂ 著

体育館の横で、「お前に飽きた」と友達から宣告された。中学二年の梅雨の頃であった。僕は生まれて初めて自分の存在意義が確定しているものではないのだと気付かされた。

それからは、その友達を楽しますことに青春を費やしたと言っても過言ではない。彼は女生徒から異常にモテた。僕は女生徒から存在すら認識されていなかった。僕の方を見て、「アイツの声聞いたことないねんけど」と言って笑っていた複数の女子が次の瞬間バスケットコートでスリーポイントシュートを決める彼を見て甲高い歓声をあげていた。僕がサッカーの試合でシュートを決めても女子達は「怖い」や「なんか、ひく」と冷めた口調で呪いのように呟くだけであった。僕と彼とでは決定的に何かが違っていたのだろう。

それでも常に行動を共にする僕と彼ははたから見ると親友であるらしかった。

彼と一緒に『河童』という映画を観に行った。エンドロールが流れる中、感涙する僕を見て彼は、「コイツ泣いとる！　きっつ〜！」と、まわりを憚ることなく笑った。

ある日、学年で人気の女子と僕が話していると彼が僕に近づき、「はっきり言ってお前が喋れるレベルの女ちゃうで」と言った。

僕と彼は中学二年の冬に皆の前で漫才をした。漫才をしている、その数分の間に僕の中で世界が変わり未来が変わった。

僕と彼は別々の高校に進んだ。彼に「お前のコート貸して」と言われたので貸した。しばらくして僕も遠足でコートが必要になりコートを返して欲しいと言うと、「ほなオレ学校に何着て行くねん！」とマジギレされた。前代未聞の自己中だ。

高校卒業後、僕達は共にNSCに入った。数年後、みのもんたさんの番組の前説に行った。楽屋のモニター前に置かれた一脚のイスを囲みプロデューサーやスタッフなど沢山の大人達が打ち合わせをしていた。なぜか、みのさんも立っていた。まさか？　と思い、明らかにみのさんのために用意されたはずのイスを見ると、彼がおもいっきり座っていた。

彼はスケールがでか過ぎた。

僕達は二万個程の理由により解散することとなり、僕は「ピース」を結成した。

解散後は一切連絡を取っていなかったのだが、二〜三年が過ぎた頃、彼が行方不明になったので捜して欲しいと連絡を受けた。僕は彼の家に行き大家に鍵を借りて中に入った。携帯の充電器も眼鏡も置いたまま。彼はどこかで死んでるのだろうか？　半透明のゴミ袋の中に「もち」と表記されたカップラーメンの空き箱が大量にあった。キッチンにも大量にあった。コイツ「もち」ラーメンに無茶苦茶ハマってるやん、と思うと笑ってしまった。

彼の消息をたどる手掛かりは見つからなかった。しかしテレビの下から僕は一本のビデオを見つけた。それは中学時代に僕達が一緒に観た、あの映画だった。泣いた僕を馬鹿にしていたけど彼も、けっこう気に入ってたのかもしれない。時の流れを感じ思わず感傷的な気分に襲われた。僕はそのビデオを手に取りパッケージを開けると、中から洋モノのアダルトビデオが出て来た。笑った。最後まで僕が彼に飽きることはなかった。

解散して七年が過ぎた。仕事で大阪に行ったので彼にメールを送ってみたら、「どちら様でしょうか？」と返って来て、ちゃんと社会人みたいだなと思って時の流れを感じた。時間が経つと解散は僕の才能が足りなかったせいだと痛いほどよく解った。その証拠に僕は彼と解散してから何の成果もあげられず劇場でくすぶり続けていた。彼は社会に出てしっかりと働いていたが、僕は彼と離れてから少しも生活が変わっていない。それどころか家賃は少し安くなってさえいた。七年振りにお互いの顔を見た時は、妙に面白くて二人でかなり笑った。居酒屋で二人で呑んだ。彼は僕に「全然テレビ出てけえへんやん？　何してんの？」と相変わらずデリカシーのないことを言った。続けて彼は「面白いから、そろそろ出て来るって周りに言うてんねんけどなぁ」と言った。嘘でも泣けて来た。そう言えばコイツを笑わしたくて、コイツに面白いと思われたくて仕方がなかったんだ。あの頃の僕は。

今回紹介する本はミュージシャンである大槻ケンヂさんの自伝的小説である。夢を追う人が共感出来る言葉が多くここに書かれている。青春は喪失でもあるが、それだけではない。

【あらすじ】バンドブームによってメジャーデビューを果たした〝僕〟だったが、栄華はいつまでもは続かない。著者自身が体験した90年代に日本を席巻したバンドブームの騒乱と切ない青春を描く自伝的作品。

新潮文庫（税込 340 円）

『変身』

フランツ・カフカ 著　高橋義孝 訳

ある朝、グレゴール・ザムザが不穏な夢から目覚めるとベッドの中で自分が一匹の、巨大な毒虫に変わっていることに気が付いた。という奇抜な書き出しからカフカの代表作『変身』は幕を開ける。自分が巨大な毒虫になるなんて考えただけで恐ろしいのだが、そんな異常事態にもかかわらずセールスマンである当のザムザは状況を把握するとスグに、「あぁ、僕は何てしんどい職業を選んだのだろう」と毒虫は置いといて凄く現実的なことを考える。

そのあと毒虫になったザムザを発見した両親は激しく脅える。一方ザムザは父親が手に持つステッキで殴られ致命傷を受けないか？　と不安を感じながら、自分を追い払おうとする「父親の、しっ、しっ、という声やめてくれんものかなぁ」と毒虫の姿で冷静に思考を働かせている。

このあたりの不条理だが緻密な状況描写と、冷静で現実的なザムザの心理描写とのギャップが面白くて『変身』を初めて読んだ時、僕は思わず笑ってしまった。

しかし読後に他の解説を読むと、「この小説は戦時下という異常事態の中、ドイツの人々の『運命に身を委ねるしかない』という受け身の精神が投影されている…」というようなことが書かれていて、「本当だ、そう読める…」と不謹慎な解釈をしたことを反省させられた。確かに予備知識を持った上で再読すると社会的テーマを背負っているのも疑いようがないのだが……、それを解った上でも、やはりこの小説は笑ってしまうのである。物語内で現象として起こっていることが面白いのでしょうがないのだ。

日常生活でも、状況として自分を客観的に見てしまう瞬間がある。例えば、路上で喧嘩になり自分はすごく興奮しているのだが、その後ろを「赤帽」のトラックが通り、しばらくして再び「赤帽」のトラックが通ると「おっ！」と思ってしまうような。

他にも、数年前僕が高熱を出した時に後輩の熱心な看病に感動したのだが、朝起きると同じ部屋で眠る後輩が、「絶対にうつらんぞ」という意思なのだろうか？　予防マスクを二枚重ねで着けているのを見て少し哀しかった。だけど露骨な人間らしさが妙に面白かった。『変身』は僕にとってそのような感覚の作品だ。

以前、カフカの『田舎医者』をアニメーションにした監督と対談した際、「僕、カフカ読むと笑ってしまうんです」と思いきって幼稚なことを打ち明けてみたところ、「カフカも友達に自作を読み聞かす時は爆笑していたらしい」と教えていただいた。嬉しかった。

本当のところはカフカに聞いてみないと解らないが、改めて小説は自分の感覚で正直に読んでいいのだなと思った。

【あらすじ】朝、目覚めると巨大な毒虫になっていた販売員の男と、その家族を描いた作品。虫に変貌した彼を父は嫌い、妹は彼を気遣うも次第に離れていく——。フランツ・カフカの代表的な作品。

河出文庫（税込 714 円）

『笙野頼子三冠小説集』

笙野頼子　著

缶コーヒーを飲みながら夜明け前の吉祥寺を歩いていると、「梅干しを食べたムンクの叫び」のような複雑かつ恐ろしい表情で自転車をこぐ中年の女性がいた。このおばさんの表情は何だろう？　そう思いながら、しばらく歩くと、誰かの吐瀉物《としゃぶつ》をカラスが突っついていた。この時間よく眼にする風景。

それを見た瞬間僕も思わず先程のおばさん同様、「梅干しを食べたムンクの叫び」のような顔になった。あのおばさんもこれを見たのだと納得して再び缶コーヒーを飲んだ。

なるほど人間の表情は、せいぜい数パターンしかなく、同じ物を見ると大体みんな同じような表情になるのかもしれないなどと、何の役にも立たないことを考えながら、おばさんの表情を思い出し、「梅干しを食べたムンク」略して「梅ム」の表情を一人で練習するという無駄な行為をしてみた。ちょうど良い所に路上駐車した車があったので、その車の窓を鏡代わりにして「梅ム」の表情を映し、上手くなったぞと自己満足に浸っていた。

だが、その時僕は突然背筋に冷たいものを感じた。「何だ？　この違和感は？」そう思い、誰も乗っていないはずの真っ暗な車の中をよく眼を凝らして見ると車中でカップルが恐怖のあまり顔を引きつらせていた。すごく恥ずかしかった。最悪だった。だが、カップルからすればバケモノに車をのぞかれていたのだから怖くて仕方がなかっただろうと申し訳ない気持ちになった。

僕は何をしているのか？　何もしていない。そして、また缶コーヒーを飲む。あまりにも僕が缶コーヒーを飲みまくるものだから吉祥寺の自動販売機の缶コーヒーは常に売り切れ状態。よく人から「飲み過ぎだ」と注意される。最初はカフェイン中毒になったと思っていたのだが、ある日の散歩中に自動販売機の前で立ち止まり缶コーヒーを買うため財布を取り出したくても何か上手くいかない。何故だろうと思ったら、先程買ってまだ全然残っている缶コーヒーを左手に持っていたのだ。ハッとした。これはどう考えても普通ではない。両手に缶コーヒーを持ち交互に飲む男は恐ろしすぎる。昨今のカフェブームに対する何かしらのメッセージなのでは？　と誤解されかねない。何故そのような失敗を犯してしまったのだろう。

数年前、毎日何の生産性もない徘徊《はいかい》を繰り返していた時、学生や会社員とすれ違う度に何故か罪悪感に苛まれた。不安の原因は社会的に見ると自分が「ナニモシテナイ人間」であること。だがコーヒーを飲むことによって僕は、「コーヒーを買い飲んでいる人」という名前が貰える。コーヒーを買う行為は僕と世の中を結ぶ方法の一つだった。

笙野頼子さんの三冠小説集に収められた『なにもしてない』という作品を僕は世の中との距離が書かれた小説として読んだ。他の二篇も凄く面白かった。

【あらすじ】『なにもしてない』（野間文芸新人賞受賞）、『二百回忌』（三島由紀夫賞受賞）、『タイムスリップ・コンビナート』（芥川賞受賞）を収録。閉ざしがちな女性達を柔らかい筆致で描いている。

新潮文庫（税込320円）

『ジョン・レノン対火星人』

高橋源一郎 著

「パンサー」というトリオで活動している向井という後輩がいる。僕より六歳若い。

ある日、深夜のデニーズで向井の免許証の写真が物凄く若いという話題になり、僕の免許証も数年前に作ったものだから若いのでは？　というＯＬのような会話の流れになり僕は自分の財布の中から免許証を引っ張り出した。すると、向井は僕の免許証を見るなり、「えっ、でも全然キモくないですよ」と言い出した。キモい、キモくない、という話は一切していなかったのに。

僕は自分の数年前に撮影した写真が若く見えるかどうかという点に興味を抱いていたのに、恐らく向井は頭の中で、「この又吉という人は昔からキモい人だったのだろうか？」などと考えていたのだろう。

その向井が、なんとドラゴンボールを読んだり、見たりしたことがないと聞いて衝撃を受けた。「かめはめ波は、よく耳にするんで知ってますよ」などと言う。女の子ならまだしもドラゴンボールを体感していない男子が日本に存在するとは僕には少し信じ難かった。

先日、楽屋で僕が出演する芝居の脚本を読んでいると、向井がいたので台本を渡し僕以外の役のセリフを読んでもらった。その脚本の中に、「ドラゴンボールで言うところの天津飯の横で浮いてる餃子レベルや」というセリフがあった。ドラゴンボールを知っている人なら「テンシンハンの横で浮いてるチャオズレベルや」と読めるだろう。

だが向井は、それを全力で、「テンシンハンの横で浮いてるギョウザリョウリや」と読んだのだ。僕は驚き過ぎて彼に間違いを指摘することができなかった。恐らく彼はセリフを読みながら、天津飯の横で誰からも食べられずに浮いている哀しきギョウザを想像していたのだろう。そう想像する上で、「レベル」という言葉が邪魔だったので勝手に頭の中で、「リョウリ」に変換してしまったのだろう。

他にも、僕が向井に「これ誰にも言うたことないねんけど…」と言うと、突然彼の顔が引きつり青ざめ、「えっ！　又吉さん人殺したことあるんですか?」と言った。

彼は僕のことをどう思っているのだろう？　度々圧倒される。これはいわゆるジェネレーションギャップなのだろうか？

『ジョン・レノン対火星人』は70年代という時代を背景に描かれた物語で、官能小説家である「わたし」、死体が頭から離れない「すばらしい日本の戦争」などの登場人物と、過激な表現に衝撃を受け、世代を超えた深層で人間が浮き彫りにされていて哀愁を感じた。

同じく過激さと哀愁を持つ向井にはまず、『クリリン対サイヤ人』から読んでもらおう。


【あらすじ】ポルノ作家の元に「すばらしい日本の戦争」という人物からハガキが届く。そこにはいくつもの死体が描写されていて……。『さようなら、ギャングたち』『虹の彼方へ』に続く著者の長篇小説。

角川書店（税込 1575 円）

『夜は短し歩けよ乙女』

森見登美彦　著

小学生の頃、友達の家で遊んでいると僕と同じ年くらいの知らない不思議な雰囲気の女の子が、「ライターを貸してください」と訪ねて来たことがあった。

僕たち一同はその理解不能な訪問者に脅え戦々恐々とした。僕が代表してライターを何に使うのかを聞くと女の子は、「エンジェル様を燃やさないと…」とやはり、全く意味の解らない言葉を空中に放った。

僕たちは一人残らず緊張感から腹痛に襲われた。結局冷静さを失った友達が、悪魔に十字架を投げつけるかのように、家にあったライターを暴力的に渡すと女の子は、「このライター見たことある」と呟き、どこかへ去って行った。

あの女の子は一体何だったのだろう？　女の子に渡したライターは、友達の父親が通いつめた『トルネード』というスナックのライターだったので、女の子の父親もトルネードの常連だったということしか解らなかった。

月日は流れ、中学時代の英語の授業中。黒板の前に立つ先生が僕達に、「【タコ焼きの作り方】という文を誰かに英訳してもらいましょう」と言った。

多くのクラスメイトたちは、あてられないよう下を向いていた。しかし一人だけ、正面に視線を向ける女子生徒がいた。その女子生徒こそ、スナック『トルネード』の常連を父に持ち、かつて「エンジェル様を燃やさないと…」という呪いの言葉を僕に言い放った、あの女の子だった。小学校は別々だったが、中学校で一緒になったのだ。

教師が当然のように、正面を見つめる彼女をあてると、彼女は「えっ?」と言った。問題すら聞いていなかったのだ。後ろの生徒が助けるつもりで彼女に、「タコ焼きの作り方…」と小さな声で囁《ささや》いた。すると、女の子は「タコと…小麦粉と…あれっ、タコ焼き粉ってあるんかな?」と英訳するのではなく、タコ焼きの調理方法を語りはじめた。数年間を経ても依然、女の子は不思議なままだった。

粘土で好きなものを作るという美術の授業があった。僕の前で女の子は「異様にベロが長いゾウ」を作っていた。僕は大きなハット帽子を作った。友達とふざけているうちに僕の帽子が潰れた。すると女の子に帽子を欲しいと言われた。女の子の作品の出来上がりを見たらペチャンコの帽子から、地味にベロが飛び出していた。「何これ?」と聞くと、「この帽子の中にゾウがおんねん。隠れてるから誰にも教えたらあかんで」と女の子は笑った。勝てないと思った。

『夜は短し歩けよ乙女』にも不思議な女の子が登場する。自分の想像力を超えるものを人は恐れるけれど、大概の場合、それを作り得た人の純粋な心に脅えてるんじゃないかなと思う。これを読んで京都に行きたくなりました。

【あらすじ】奥手な大学生の〝私〟は、クラブの後輩である〝彼女〟の目に留まることを心がける日々を送るが、次々と奇想天外な出来事が起こって……。京都を舞台に繰り広げられる空想色豊かな恋愛小説。

円)

講談社文庫（税込 42

『袋小路の男』

絲山秋子 著

駅まで徒歩十分圏内という表現がある。文字通り歩いて十分で行ける範囲ということなのだが、それを近いと感じるか？　遠いと感じるか？　それは自分が育った家から最寄り駅までの距離によって変わってくるのかもしれない。

僕の実家だった場所は最寄り駅まで徒歩三十五分。もはや最寄りでもなんでもない。だから徒歩十分というといまだに感覚として近いと感じる。

僕が上京してから家族は別の家に引っ越した。自分が育った家に他人が住むというのは何か寂しいことだ。僕は大阪に帰省する度に、「新しく別の人が住んでいたら嫌だなぁ」などと思い、自分が十八歳まで生活した路地裏の貧相な家を見に行った。そして、その度に「良かった、まだ誰も住んでいない」と胸をなでおろすのが習慣となった。

三年が過ぎても誰も住まず空き家のままだった。「僕の想い出の場所には誰も踏み込むことが出来ないのだ」。そのように思ったこともあった。五年が過ぎた。帰省した際に散歩がてら見に行くとやはり相変わらず旧又吉家に誰かが住んでいる気配はなかった。

夜に溶けおちそうな古い家を見ていると色々な想い出が頭を駆け巡る。あまりにも壁が薄いため隣りに住む黒田さんの、「ごはんやで〜!」という声に返事をしてしまったこともあった。学校で又吉の家はベランダが無いという噂を流されたこともあった。いつの間にか、「又吉の家」と言うだけで笑いが起こるようになった。好きな娘に、「昨日、又吉の家の前通ったで」と言われ赤面した。僕の家はインターホンなどがないので友達は、「又吉く〜ん!」と叫ばなければならない。運悪く僕が留守で父親がいる場合は、「わしが又吉じゃ!」と父親がドアを開けることが度々あった。その全く面白くない父親の行動に僕の友人達はただただ恐怖を感じ脅えていたりもした。

鍵が無くても泥棒が入る危険性はなかった。ドアノブを握り独特の間でグッ、グッと強く二度回さなければ開かないので、鍵があろうが無かろうが、いずれにせよ家族以外の者が又吉家のドアを開くことは出来ないのだ。

恥ずべき部分も含めて、とにかくその家は僕にとって想い出の結晶だった。

八年が過ぎた。再び僕は自分が育った家を見に行った。やはり空き家のままだった。「いや、いい加減誰か住んでくれや！」と思った。八年の歳月が流れても誰も入居者がいないとは、一体どれだけ劣悪な環境で我々又吉家は過ごしていたというのだ。小さい頃はそれが普通だと思っていた。誰も住まないのは哀し過ぎる。誰か住んでくれ！　母親の話によると入居者がいないから相当家賃も下がっているらしい。頼む誰か住んでくれ！

結局九年が過ぎた年に、その家は取り壊された。小さな家が四軒並んでいた場所に普通の家が一軒建っていて、あっ、と思った。

この小説は袋小路にある家に住む男に恋をした女性の物語。その男性の人生も二人の関係性も袋小路のようになっていて、ある種の閉塞的な雰囲気が漂うのだがそれはそれで心地よく、「僕が住んでいたあの古くて狭い家のようだ」と思った。


【あらすじ】表題作は川端康成文学賞受賞作。同書には『小田切孝の言い分』『アーリオ　オーリオ』も収録。高校時代から一人の男性へ一途な恋心を抱き続ける女性の恋愛物語。

マガジンハウス（税込 1680 円）

『パンク侍、斬られて候』

町田康 著

町田康さんが芥川賞を受賞された年、バイト先で知りあった女の子が、「彼氏の写真見せてあげる」と言いアルバムを見せてくれた。そこにはカメラ目線で写る男の写真が沢山あった。友達は、「かわいいでしょ？　これね、カメラで撮られてるって全然気付いてないんだよ」と言った。「いやカメラ目線やから気付いてるんちゃうかな」と僕は言った。「何気ない時にサッと撮ってサッとカメラ隠したから」と友達は言った。少し変わった女の子だったが、町田康さんが好きということで趣味が合った。

ある日、その女の子からお願いがあると言われた。内容は自分が文通しているイタリア人が彼氏を連れて来日し京都や奈良を回り、東京にも来る。イタリア人カップルは日本の文化に興味を持っていて関西も好きになったようだから一緒に来て欲しいというよく理解出来ないものだった。僕は初対面の人と話すのは緊張するし迷惑をかけてしまうから他の人を誘った方がいいと断った。しかし、友達は「私のまわりで関西出身の日本人は又吉君しかいないの!」と言った。関西出身者は大概日本人のはずだが。それから遥々《はるばる》ヨーロッパから折角いらっしゃったのに狭い日本を更に細かく分類して紹介する必要があるのだろうか。それに活気と笑いの街と謳われる関西人の代表として僕以上に相応しくない関西人が他に存在するのだろうか。僕は誰よりも愛すべき関西の伝統や文化などの良い面を継承出来ていない。関西人代表トーナメント一回戦運良くシード、二回戦大敗というような惨めなことだけは御免こうむりたい。

結局、僕は会に参加することになってしまった。何と食事は奢ってくれるというのだ。金が無かった。腹が減っていた。世の中の何かに一切貢献などせず、四六時中個人的な悩みに頭を抱えていた癖に毎日腹だけは減っていたのだ。

会場に着くと僕を不安にさせる新情報がすぐ耳に入った。その日はイタリア人の彼氏が誕生日だったのだ。そのため参加者一同やたらとテンションが高かった。イタリア人カップルは足袋《たび》と草履《ぞうり》を履き、羽織のようなものも着ていた。風情を醸し出す算段だったのだろうが悪魔のように見えて仕方なかった。食事後は皆でカラオケに行った。イタリア人がビートルズを意外と照れながら音痴に唄っていたのは面白かったが、一同酒が進むにつれテンションが高くなり、僕だけが場違いのようで落ち着かなかった。

　大阪や京都を回って関西が気に入ったイタリア人のために誰かが関西弁の曲を入れようと言い、よりによってSMAPの『Hey Hey おおきに毎度あり』を入れた。嫌な予感がしたが他の誰かが唄い出したので一安心した。しかし曲が二番に入るとテンションが最高潮に達した集団はワンフレーズ唄う度に隣りの人にマイクを回しはじめた。

　危険だ。回って来る。鼓動が高鳴り気が狂いそうになった。

『Hey Hey おおきに毎度あり』、徐々に僕の方にマイクが流れて来る、「商売繁盛」、来た、どうする？　僕が唄わなかったらきっと場が盛り下がり、皆白けてしまうだろう。気がついたら僕は全力で、「なにわの商人《あきんど》やー」と唄っていた。場は相変わらず盛り上がり、何故か僕はイタリア人の彼にキスされていた。まるで鳥獣戯画の宴のようだった。僕だけが憂鬱な気持ちでソファに沈んでいた。カオスだと思った。

　カオスや混沌という言葉があるが、『パンク侍、斬られて候』にはそのような言葉がよく似合う。侍が生活する江戸の要素が強い世界にボブ・マーリーや漱石の名前が出てきたりガツンと頭部を殴られたような衝撃を受けた。時代小説の枠を破壊した凄まじい小説。

もう会わなくなったけど町田さんファンのあの女の子もきっと読んでいるのだろう。

【あらすじ】腹ふり党と称する、腹を激しく振って踊る新宗教が蔓延する江戸、浪人・掛十之進は、抜く手も見せずに太刀を振りかざすと、ずばと老人を切り捨てた……。アナーキーで疾走感に溢れる痛快時代小説。

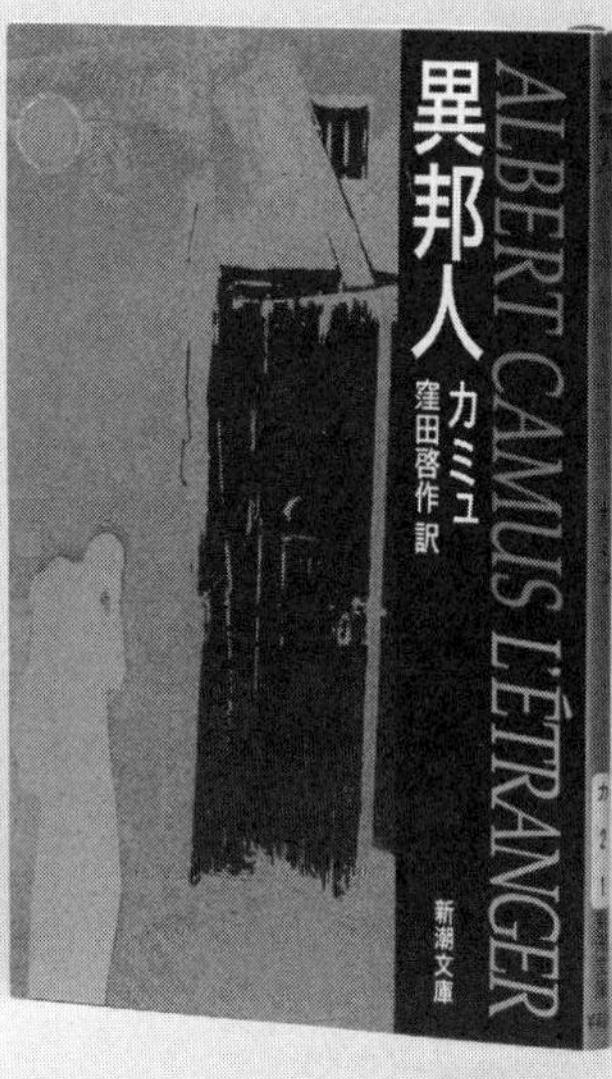
異邦人
カミュ
窪田啓作訳
ALBERT CAMUS L'ÉTRANGER
新潮文庫

新潮文庫（税込 420 円）

『異邦人』

カミュ 著　窪田啓作 訳

僕が不条理という言葉で連想するのは、同期の「平成ノブシコブシ」というコンビだ。最近まで僕達は渋谷にある吉本興業の劇場に毎日のように出演していた。若手が出演する劇場の楽屋は雑然としていて体育会系の部室のような様相を呈している。

ある日、そんな楽屋から平成ノブシコブシ吉村君の怒声が響いた。どうやら相方の徳井君と喧嘩をしているようだった。吉村君が、「てめぇ！　なんで小道具持って来てねぇんだよ！」と叫ぶ。それに対して無言の徳井君。「今のうちに買って来いよ！」と更に怒鳴る吉村君。

「お金ないもん」徳井君が悟りをひらいた、馬鹿のような言葉を返した。

「じゃあ、どうすんだよ？　もういいよ！　俺が金出すから買って来いよ！」

吉村君が千円札を差し出した。結局は優しい吉村君。そのお金で徳井君が小道具を買いに行く。これで一件落着のように思えた。

しかし、その十五分後再び楽屋に吉村君の怒鳴り声が響いた。僕が楽屋に入ると吉村君が徳井君に、「なんで俺の金でパン買ってくんだよ〜！」と叫んでいた。徳井君を見ると無表情で静かにコッペパンを食べている。吉村君は、「ダメだろ！　俺の金でパン買ったら！」怒る吉村君の意見はもっともだ。徳井君は吉村君の言葉を意に介さず無言でコッペパンを食べ続けた。お腹がすいていたのだろう。

記憶を十九歳の頃に飛ばす。今でこそ「破天荒」と呼ばれる吉村君だが、当時はケンケンのTシャツを頻繁に愛用し、口癖は「もう駄目だ」で、実家から小包が届くと、「又吉く〜ん！　コーヒーがたくさん届いたから、お裾分けだよ」と言って持って来てくれる心優しき純朴な青年だった。

そんなある日、普段より早くNSC（吉本総合芸能学院）の教室に着いた僕が、真っ暗な無人の教室に入り電気をつけようとすると、暗闇の中で何かが動く気配がした。バケモノか？　集中し目を凝らすと、なんと吉村君が上半身裸でシャドーボクシングをしていた。心の底から、「なんでやねん」と思った。あまりにも不条理で意味が解らなかった。だが今思うと吉村君はあの時、弱い自分と戦っていたのだろう。ダサいぞ、吉村君。

それから十年。吉村君は大東京の荒波に適応するため自分の精神面を改造したのだろう。先日、深夜に本社のトイレで吉村君と会った。僕が小便器に向かっていると、吉村君が鏡を見ながら、「なぁ又吉…天下とろうぜ」と呟き出て行った。ダサい所は変わっていなかった。

『異邦人』は一般的にカミュの代表作と呼ばれているらしい。主人公が殺人を犯し動機を問われた時の言葉はあまりに有名だ。「不条理」とは、道理に合わない、脈絡がない、というような意味であるらしい。

僕は予定調和なことよりも不条理なことにリアリティと人間味を感じてしまうことが往々にしてある。雰囲気や直感で行動を促されることが多々あるが、そういうのが他人にとって何の説明にもならず脅威になる場合もあると経験上解っているから、後からもっともらしい理屈を付けて嘘を吐いてしまうのだ。

【あらすじ】アルジェリアで暮らす主人公は母の死に直面しても涙を流さないことから無感情な男だと思われていたが、ある日殺人を犯してしまう……。四十六歳でノーベル文学賞を受賞したカミュの代表作。

深い河
ディープ・リバー
遠藤周作
Shusaku Endo
講談社文庫

『深い河』

遠藤周作　著

小学一年生の夏休みに奇跡が起きた。大阪に住む母方の祖母の家に遊びに行くと全国の老人宅を回っていると語る金髪の外国人宣教師がいた。外国人と話すのが初めてだった僕は極度に興奮した。長時間その外国人を凝視していたので顔はよく覚えていた。その夏の後半を僕は沖縄に住む父方の祖母の家で過ごした。

僕の父は沖縄で生まれ育った。当時、まだ沖縄はアメリカの占領下にあったためキリスト教の宣教師が村々を回り布教するのは一般的で、日曜日には近所の公民館から賛美歌が響いていたらしい。だが、高田渡の歌詞をノートに書き写し自作のように見せるという、汚い方法で母を口説いた父が語ることだから真相は定かではない。

そんなある日、親戚一同が家に集まり酒盛りをしていると一人の外国人が家に来た。僕はその男を見て呼吸が止まりそうなほど驚いた。なんと、大阪の祖母の家で出会った外国人宣教師と、同一人物だったのだ。悪魔なんじゃないかと思った。

沖縄の祖母が、「直樹、外国人見たことないから驚いてるね」と言ったが、僕は全く別の理由で驚いていた。このような偶然があっていいのだろうか。

僕は無数の又吉の前で、「この人を見たことがある」と主張した。みんなが一斉に笑った。「子供だから外国人はみんな同じに見えるんだね」などと言われた。違う。そうじゃない。歯がゆい気持ちで、「大阪で見た」と言ったら、再び複数の又吉達が笑った。すると外国人が、「ボクモ少シ前マデ大阪ニイマシタヨ」と発言した。これは僕にとって大きな助け船になると思ったが、あろうことか僕以外の又吉達は再び大きく手を叩いて笑った。外国人宣教師が僕の話に合わせたとでも思ったのだろう。事実であるのに悔しい。結局、夏の奇跡は子供の戯言《たわごと》とされた。

又吉はたくさんいたけど神様がいなかった。その時ばかりは外国人宣教師よりも幼き僕の方が、神の御加護を求めていただろう。

日本人の視点でキリスト教の本質を追求した遠藤周作さんの集大成が『深い河』。「違う国の神様と神様が街で会ったら喧嘩するか？」という幼き僕の、ザ・子供的質問に困惑していた二人の祖母。その問いに、『深い河』が答えをくれた。僕にとってはこの本もまた奇跡だ。

【あらすじ】妻との約束を果たすため、戦友を弔うため、恩返しのため、捨てた男を訪ねるため……様々な思いを胸にインドへ向かう登場人物たち。母なる大河ガンジスを舞台にした魂の救済がテーマの長篇小説。

キッチン
Banana Yoshimoto
吉本ばなな
新潮文庫

『キッチン』

吉本ばなな 著

僕が上京するまで住んでいた実家は古くて狭くて頼りなかった。姉が小学生の頃、担任の財布が教室でなくなるという事件があった。担任は生徒全員を席に着かせて、突然「又吉さん知らない?」と言い出したらしい。そういうのは多分家が他の人に比べて狭いからだと僕は思っていた。それと同時に姉なら担任の財布を盗みかねないとも思っていた。お金が目当てではなくて、そんなことを平然と言える最低な担任を困らせたかったんじゃないかと思った。

しかし、犯人は姉ではなかった。財布は職員室から見つかったらしく女の担任は泣きながら姉に謝罪したらしい。姉は呆《あき》れていた。「あの人は駄目」と大人びたことを言っていて、弟の僕はもっと怒ればいいのにと思ったが、そもそも僕も姉を疑っていたので少し感情の置き所が難しい話だった。

そんな狭い家ではあったが、一般的な家庭サイズの大きな冷蔵庫があった。古い製品だったからか冷蔵庫は時折、「ブゥ〜ン」と低重音で唸《うな》る。真夜中になると町内が静かになるためか、その音がやたらと気になり、冷蔵庫の横で知らないオッサンが、「あああ〜！」と叫んでいるように聞こえなかなか眠れない夜があった。ようやくオッサンが叫んでいる状態にも慣れて眠れそうになると、今度は急にその振動音が止まり完全な静寂が訪れたりする。それはそれで、「あれっ？ オッサン死んだん？」と気になって気になって仕方がない。完全な静寂程やかましいものはないのだ。

古い家だったので家族ならば階段を上る足音で、大体誰であるか解った。あまり音を立てない哀愁をおびた静かな足音は母だ。忍び足というのだろうか、僕が思うに又吉家でもっとも盗人にむいているのは母だろう。

続いて、ジャマイカのレゲエミュージシャンさながら、リズミカルにトン・トントントンと僕の鼓膜をいら立たせる足音は上の姉だ。連日何かで優勝しているのだろうかと疑うほど陽気な音だった。それを指摘して口論になったことさえあった。

続いて、一段とばしで階段に挑むのは下の姉である。他の者の半分の足音で二階までたどり着くので、音だけを聴いていると足の長い巨人を想像させた。そして、覇王の如く重厚な音で木造の階段に圧力をかけるのが父だ。滅多に二階に上がることがなかった父親が不吉な音を立てて上って来た時は、大抵災いが起こった。季節外れの大掃除が始まり余計に散らかったり、残りの家族が皆一様に悪夢にうなされたり。

便所は汲《く》み取り式のいわゆるボットン便所だった。僕はその便所が好きだったが、同級生で家がボットン便所の者など僕の他にはいなかった。そのため、「トイレを貸してくれ」と言われるとすごく恥ずかしく、又吉家の秘密であり、もっともブルースな部分を暴かれてしまうような恐怖感にさいなまれた。

実家におけるキッチンは、やはり母親の場所だという認識が強かった。母親の作る、味噌汁は塩の味が強過ぎて、食べていると海で溺《おぼ》れているような感覚に襲われることもあった。

実家のあらゆる場所に様々な記憶が残っている。

『キッチン』という小説は、唯一の家族である祖母と死別した女の子の物語である。主人公を独特な距離感で支える温かい登場人物達。主人公の喪失による孤独と哀しみが、失った大切な家族の存在を浮かび上がらせる。

そういえば、東京で独り暮らしをはじめてからの方が、より大阪にいる家族の輪郭がはっきりとしてきた。

【あらすじ】祖母を亡くした〝みかげ〟は、祖母と仲の良かった雄一とその母（実は父）と一緒に暮らしはじめる。「私がこの世でいちばん好きな場所は台所だと思う」。国境を越えて読みつがれるロングセラー。

『わたしたちに許された特別な時間の終わり』

岡田利規 著

生まれて初めて劇をやったのは保育園の時で、内容は鬼の話だった。笑ってばかりの「笑い鬼」、泣いてばかりの「泣き鬼」、すねてばかりの「すね鬼」など。それぞれの園児が様々な特色を持つ鬼に変装し舞台に登場する。僕が与えられた役は、「怒り鬼」だった。怒り鬼？ 鬼は基本的に怒っているものではないのか？ 怒り鬼だと普通の鬼になるのではないか？ 次々に他の園児達が舞台に飛び出し喝采を浴びている中、いよいよ僕も怒り鬼として怒りながら登場したが、やはり他の園児に比べて物足りなさは否めない。「あの子の鬼、普通じゃない？」と恐らく噂されていたことだろう。初めての劇は散々な結果で幕を閉じた。

次に劇をやる機会は小学二年生まで待たなければならなかった。一年の文化祭は合唱だったからだ。先生がＨＲで、「又吉君以外で指揮者やりたい人？」という突拍子もないボケをかまし、その年一番と断言できるほどウケていたのがショックだったというほか記憶がない。

二年になり心の傷が癒えた頃、「赤ずきんちゃん」の劇をやることになった。僕はかねてからの疑問を先生にぶつけた。「劇って、なんで標準語なん？　普段喋ってる言葉とちゃうの変やん？」。「劇はそういうものだ」と先生は言ったが、僕が関西弁に書き直していいかと聞くと意外にも許してくれた。元々の台本を見ながら主要キャストのセリフを全て関西弁に替えた。さらに僕は自分の足跡として、赤ずきんちゃんのセリフに自分なりの工夫を盛り込んだ。

そして舞台当日、大阪弁のオオカミ、大阪弁の赤ずきん。信じられないほど笑いがおきた。しかし僕が勝手に考えた赤ずきんちゃんが、おばあさんの家に行く道中、ビールのＣＭをやるという箇所は地獄のように反応が悪く、「何これ？」という雰囲気が尋常ではなく、赤ずきん役の女の子からは憎悪の眼差《まなざ》しを向けられ、結局散々だった。

三年の時にやった劇では、猿蟹合戦の猿役を任されゲリラ的に猿が逆転するという話に変更したが、これは想像以上に先生から叱られた。

五年の時は担任に警戒されたのか、『となりのトトロ』のトトロ役をやらされ、トトロが描かれた大きな紙の後ろで、「うぉぉ〜!」と叫ぶだけの哀しい役だった。

知り合いに、そのような話をするとオススメの劇団があると紹介された。それが岡田利規さんが作・演出をするチェルフィッチュという劇団だった。チェルフィッチュの舞台は演劇そのものに対する嫌疑に満ち溢れていた。そのチェルフィッチュで公演された作品を、岡田さん自身が小説化したのが、『わたしたちに許された特別な時間の終わり』である。

文章の構成が新しくて、作品全体が新鮮に感じられた。とても面白かった。

【あらすじ】世界情勢が緊迫を増す中、六本木で偶然出会った若い男女が渋谷のラブホテルで目的のない時間を過ごす。「三月の5日間」と「わたしの場所の複数」の二作を収録。大江健三郎賞受賞作。

新潮文庫（税込 500 円）

『友達（『友達・棒になった男』より）』

安部公房　著

友達の誕生日会に呼ばれた。二歳年下の女の子の誕生日だったのだが僕以外の参加者は皆その女の子と同い年の男子や女子ばかりらしく、僕が行っても邪魔になるような気がしたので辞退しようと思ったのだが、「サプライズなんだから」と諭され結局参加することになってしまった。サプライズという当時はまだ聞きなれない響きと凝縮された善意らしき匂いに強制的な何かを感じたのだ。サプライズを断るとノリが悪いというだけでは済まされず悪人呼ばわりされるのではないかという恐怖感もあった。元々僕は知らない人と話したりするのは得意ではないのに何故毎度このようなことになってしまうのだろう。

誕生日会の当日。僕は朝から歯痛に襲われていた。これを理由に参加を断り別の形でお祝いさせてもらえないだろうか？　そのようにも考えたが行くのが怖いという精神的な原因から誘発された歯痛のような気がして、そういえば子供の頃、嫌なことがあると腹が痛くなったが誰も信じてくれなかったな、などと悔しい想い出が頭に浮かび、歯痛で辞退するのは小学生染みているし嘘だとバレそうなので覚悟を決めて誕生日会へ行くことにした。

会場に到着すると見知らぬ若い男女が複数いて酷く緊張した。誕生日の当事者はまだ来ていない。事前にサプライズを実行するメンバーで綿密な打ち合わせをするのだ。

よくよく皆の話を聞いていると、皆でお金を出しあってノートパソコンを買ったらしく、何故僕にも声をかけてくれなかったのか理解に苦しんだ。「喜ぶぞ～」とにやけながらプレゼントとして購入したペンケースが鞄の中に入っていたが随分と頼りない物のように思え、いっそのこと何も持参しなかったということにしたほうが精神的には楽なんじゃないかと思えた。

そもそも僕をこの場に誘った唯一の友達はせめて今日は僕の側《そば》にいて他のメンバーとの架け橋になるよう努めろよと思うのだが、僕のことなんて忘れて同級生達と楽しそうにはしゃいでいた。不安で仕方なかったが、この状況を打開するために自ら他の参加者に自己紹介をして回ることにした。

挨拶してみると意外と皆良い人で優しく気さくに話してくれた。ただ一人帽子を深くかぶる眼鏡の青年は僕が挨拶しても無言で頷くだけだった。その青年は他の参加者達から「ゴッド」と呼ばれていた。確かにただならぬ雰囲気はある。気のせいだろうか？　彼と眼を合わせた瞬間歯痛が治まったような気がした。それ以降僕はゴッドが気になって仕方がなかった。

誕生日の当事者が呼び出され、皆で盛大に祝った。誕生日の友達は僕を二度見して「えっ？　なんで又吉君がいるの？」と言ったが、僕は薄ら笑いを浮かべるだけで何も返答出来ずにいた。そんなやり取りをする間も常に僕はゴッドに審査されているような気がしていた。

何故ゴッドと呼ばれているのか？　何か特別な能力を持っているのか？　笑い事ではない。現に彼は僕の歯痛を止めるという奇跡を起こしているのだ。

僕は勇気を出してゴッドに聞くことにした。「何故ゴッドと呼ばれているんですか？」ゴッドが静かにこちらを見た。そして、ゆっくりと口を開いた。「後藤なんで…」。ゴッドよ、ただならぬ雰囲気を出すのは止めてくれ。ゴッドよ、歯痛を止めたのは君か？

安部公房に『友達』という戯曲がある。独りで暮らす男の家に見知らぬ大家族が押し寄せ友達面《づら》で強引に住み出すという怖い話だ。「サプライズ」や「募金」や「友達」という善意の臭気を含んだ語句は強制的な執行力があって上手く付き合わないと呑み込まれてしまう。

【あらすじ】独身男の家に、九人家族が突然闖入《ちんにゅう》する。追い出そうと試みても、「一人はよくない」と諭され、警察からは事件と扱ってもらえず、しまいには……。日常に潜む不条理に満ちた、安部公房の代表戯曲。

集英社文庫（税込510円）

『渋谷ルシファー』

花村萬月　著

渋谷道玄坂を登り、しばらく行くと右手に大人の雰囲気の渋谷がある。

大人の雰囲気という表現が適しているかは解らないが明らかにセンター街と比べ、セカンドバッグ率が高い。しかも、この界隈《かいわい》にはもはや絶滅したと思われがちな「名曲喫茶」や「ロック喫茶」が今も静かに残る。ロック喫茶ではジョン・レノンの格好をしたオッサン、ジミヘンの格好をしたオッサン、それらが普通にお茶をしている姿が見られる。昔はみんなロック少年だったのだろう。

僕が初めて東京に来た時「東京新人渋谷素人」の僕は、何の因果であろう、よりによってこのアダルトな迷路に飲み込まれてしまった。

しかし「東京新人渋谷素人」の僕は「ビビったら負けや、精神的余裕をかもし出さな」

という理解不能の気持ちから「名曲喫茶」に入ってしまった。三秒で後悔した。店内は真っ暗で、座席は劇場のように全てスピーカーの方を向いている。若い客は一人もいない。物音一つ立てられずコーヒーを飲むのも緊張する。慌てて店を出た僕は急いで渋谷駅を目指したのだが、今度はホテル街の迷路に迷い込んでしまった。途中から怖くなり「ハァ、ハァ…」と息を切らせ泣きそうになりながら走り、何とか道玄坂にたどり着いた頃には母親の顔しか頭に思い浮かばない程、精神的に衰弱していた。

そんな恐怖体験から八年が過ぎ、今では平気で名曲喫茶に通える自分が怖い。

この小説はそんな道玄坂界隈にて『ルシファー』というブルース・バーを経営する元天才ギタリスト桜町のもとに突然、昔の彼女に似た十八歳の女性が現れるところから物語が始まる。

ブルースとはアメリカの黒人が生み出した魂の叫びであり、主に苦悩や絶望を唄う音楽だ。

本書も、ブルースさながら切なく哀しい筆致で描かれ読み手の心を打つ。

皆さん、道玄坂辺りで大きなサングラスをかけ、ハーモニカを吹いている僕を見かけても話しかけないで下さい。

【あらすじ】渋谷・道玄坂でバー『ルシファー』を経営する主人公・桜町の前にある晩、十八歳の映子が現れる。封印していた苦い過去がよみがえり……。恋愛模様が旋律にのって鮮やかに映し出される。

中央公論新社（品切れ中）

『宇田川心中』

小林恭二 著

この物語は現在の渋谷駅前のスクランブル交差点から幕が開け、百五十年前の江戸時代、それから更に六百年前の鎌倉時代と時空を越え渋谷を舞台に繰り広げられる壮大な恋愛小説である。時代による風景の移り変わりも面白く、特に道玄坂は重要な場所となっている。

道玄坂といえば以前、僕が一人で歩いていると警察官に呼び止められ「ちょっとカバンの中を見せてください」と薬物の取り締まりを受けた。警察官も仕事なのだから協力する他に術はない。カバンを開きながら、僕は「しょっちゅう職務質問受けるんですけど何故ですかね？」と質問をした。警察官は「目が充血してるからですね」と答えてくれた。

薬物を使用すると目が充血するのだろうか？　しかし僕の目が充血しているのは、眼球の大きさに対してまぶたの皮が足りていないからだ。僕は寝ている時、目を完全に閉じることが出来ず必ず白目を剝いている。母親からの遺伝だ、などと考えているうちに、カバンを調べ終えた警察官は「最近はこの辺りも危ないから」と言って去って行った。

果たしてそうだろうか？　道玄坂の名前の由来は大昔の鎌倉時代、この坂に頻繁に出没した山賊「大和田道玄」によるとされている。昔は昔で物凄く危険な土地だったのだ。

小説『宇田川心中』ではその道玄が恋愛を憎悪する山賊という特別な役割を持って登場する。この小説は既成の恋愛小説にリアリティを感じることが出来ず苦手に思っている人におすすめしたい。なぜなら恋愛小説でありながら、恋だの愛だのを完全に否定するキャラクターが出て来るという点において、世間一般の恋愛小説とは異なるからだ。あらゆる角度から恋愛の脆《もろ》さを指摘した上で真実の愛を立証しようとする作者自身も恋愛小説を苦手に思う読者と同じ目線を持ち、この作品を書いたのではないだろうか。

【あらすじ】渋谷駅前のスクランブル交差点で出会った十七歳の少年と少女は運命的な出会いを感じる。二人の縁は幕末のある事件へと繫がっていて……。男女の輪廻をたどる恋愛物語。

【対談】又吉直樹×中村文則

中村 又吉くんはたくさん本を読んでるじゃないですか。

又吉 はい。たくさんかどうかはわからないですけれど。

中村 正直な話、その辺の作家より読んでますよ。

又吉 そうですか？

中村 えぇ。普通ではない量を読んでると思います。なのでまず、最初になぜ本を読みはじめたのかっていうところを伺いたいなと。

又吉 僕もそういうことを、中村さんに訊きたかったんですけど……。

中村 いや、僕の話はいいですよ（笑）。又吉くんの話をしましょう。

又吉 （笑）小学校の時、読書の時間みたいなのがあるじゃないですか。そこで教科書に載っているようなものを読んでいる時は、〝これなんなんやろう？〟くらいだったんです。だけど、中学校の時に芥川龍之介の『トロッコ』を読んで……すごいなと思ったんですよ。

中村 『トロッコ』……またすごいところ来たね（笑）。それはどうやって手に取ったんですか？

又吉 教科書に載っていたんです。

中村　あー、なるほど、そうか。

又吉　はい。初めて共感できたというか。それまで出会った本は——もちろんいい話やったりはするし、僕が読み方がわかってなかったというのもあったので、今読んだら違う印象なんでしょうけど——ピンと来なかったんです。だけど、『トロッコ』を読んだ時に、主人公の男の子と全く同じ経験はしていないけど、経験したような感覚をその時初めて味わったんです。で、続けて『羅生門』を読んだら、〝あれ？　これもほかとは違う〟と思って。

中村　『羅生門』も共感できたと。

又吉　雰囲気が格好いいなというか、読み応えがあるなと思ったんですよね。それまでの僕はものの見方が屈折していたので、作家の名前を覚えるという行為自体ができなかったんですよ。面倒くさくて。で、〝先生とかみんなは、なんで作家の名前を覚えさせようとすんねやろ？〟と思っていたんですけど、『羅生門』を書いたんが『トロッコ』の人と一緒やということがその時わかって。作家さんが書ける作品なんて生涯で一つくらいやろうと思っていたんですけど、『トロッコ』と『羅生門』と二つの作品を出していることがわかったので、作家の名前を覚えてその人の作品を読んでいけばいいんやっていうことがようやくわかったんですよ。

中村 なるほど。

又吉 で、国語の便覧ってあったじゃないですか。あれで、芥川龍之介を調べて。

中村 便覧って懐かしいね（笑）。

又吉 面白いですよね。便覧を読んでいると、この並びの人達は好きなんじゃないかと思って。

中村 あー、系譜。

又吉 そうやって自分の好きな人達、芥川的なものを最初は求めていったんです。

中村 つまりは無頼派……。

又吉 はい。で、次に太宰治を読みました。

中村 太宰は教科書ではなく、本で読んだんですか？

又吉 本でした。

中村 漫画とかよりも小説にいったということですよね？

又吉 そうですね。

中村　そこが普通の人と違っていて。自分の手に届く範囲でまず本を読んで、その本を好きになる経験ってもちろん多いと思うんですよ。でも、又吉くんは系譜から広げていった。その広げる一歩が本好きになるかどうかのところなのかなと。芥川から、さらに太宰に手を出す。最初の本はなんですか？

又吉　『人間失格』です。

中村　なぜ太宰治を読もうと思ったか。その理由って自分でわかりますか？

又吉　最初は同級生に、親が本好きな人がいて。僕の性格も知っていたそいつが〝お前にうってつけの本があるぞ〟ってすすめてくれたのが『人間失格』だったんです。でも、そいつは読めなかったと言っていて。お前だったら読めるんじゃないかと言われたのが、中学二年生の時ですね。

中村　〝うってつけ〟っていう自覚というか……中学校時代は明るくなかったんですか？

又吉　そうですね。今も明るくはないですけど（笑）。

中村　確かに（笑）。

又吉　今はだいぶ明るくなった方ですね。
中村　今がマックス？
又吉　マックス明るいですね。中学の時は男子としか喋っていなかったですから。共学やったんですけど、女子とはほとんど喋っていないです。
中村　それはなぜだったんですか？
又吉　なんでですかね？
中村　思春期にハマっちゃったのかな。人間って誰もが暗い時期を通過するじゃないですか。
又吉　たぶんそうですね。元々、人見知りで、親戚のところへ行っても一番大人しい子供やったんです。ただ、小学校低学年の頃はまだ頑張っていたんですよ。みんなに合わせてやっていたら、変に期待されるようになって。それこそ太宰じゃないですけど、〝笑かそうとした時は又吉！〟みたいなノリがあったんです。でも、だんだんと……自分が疲れてんなということに気付いたんですね。〝俺、向いてないな、この感じ〟って。
中村　（笑）そんなことを言いつつ、今は芸人を。

又吉　そうなんです、結局それをやっているんですけどね。その時は〝なんかちゃうねんなぁ〟と思いながらも、みんなでわーっと騒ぐんですけど、家に帰ったり、休み時間になった時に、独りになりたかったりして。で、小学校から一部の同級生だけがその中学に進む感じやったんで、そこで一気に本来の自分じゃないですけど。

中村　もう暗いままでいこうと。

又吉　はい。このままにしようと思ったんです。だから、中学一年生の時はどん底かというくらい暗かったですね。

中村　その頃からお笑い番組も観てたんですか？

又吉　観てましたね。

中村　そうか。当時、又吉少年は暗いなかで暗い本を読むことで安心したんじゃないですか？

又吉　そうですね。

中村　テンションが一緒っていうか。要は世の中には結局、まぁいろんな言葉の種類があって。先程屈折してたって言ってたけど、屈折した暗い少年の心っていうのは、そんじょそこらの言葉では揺れ動かないんですよ。更には、世の中には自分に響く言葉がなかなかないというふうに思いはじめるんですね。そんな時に又吉少年を〝おっ！〟と思わせたのが、純文学とお笑いだったと。

又吉 そうですね。

中村 そういう経験は、僕にもあります。僕もすごく暗い時はお笑いを観て、純文学を読んでましたから。その二つは全く違うものなんだけど、心動く共通の何かがあるんでしょうね。で、そこから太宰治を読みはじめてハマっていったんですか？

又吉 そうですね。太宰をひととおり読んだあとは、尾崎紅葉にいって。

中村 またすごいところへ。

又吉 便覧を信用していたので。

中村 すごい。便覧あってよかった。

又吉 はい（笑）。で、代表作を読んでいって。それまで知らんかった世界なので、僕はどの本を読んでも〝うわーっ〟と衝撃を受けていったんですけど、特に気になったのが夏目漱石、芥川龍之介、太宰治、谷崎潤一郎、三島由紀夫でしたね。

中村　それは中学時代？　高校時代？

又吉　中学、高校時代ですね。

中村　中学と高校でそれはすごい。やっぱり読むと安心したんですか？

又吉　そうですね。中村さんの本を僕が好きな理由が……。

中村　いや、僕の話はいいですよ（笑）。

又吉　太宰治を好きなのと同じ理由なんですよ。中村さんがさっき言われたことに近いんですけど、人間にとって明るすぎるものとか前向きにいこうというものって、必ずしも救いにはならへんくて。

中村　押し付けがましかったりもするからね。

又吉　しんどいですよね。それは〝パーティに行けば楽しいじゃないか〟という発想に近いんですけど、そうじゃなくて。暗い小説を読むというか、それがなかったら生きていけない人もいますからね。

中村　確かにパーティほど嫌なものはないよね。自分が賞を獲ったパーティでも隅っこにいますから。苦手です、パーティ。

又吉 嫌ですよねぇ。

中村 うん。で、そこまで本に向かっていったのは、やはり暗さの根が深かったから？

又吉 子供の頃ってみんな、いつか自分に最強の力が現れてすごいことになるって。自分がスーパースターやみたいな、そういう感覚って持っているじゃないですか。それをきれいに打ち砕いてくれたじゃないですけど、〝あ、自分は普通やん〟と思えたというか。自分が考えているようなことをもっと高いレベルで考えている人がいっぱいいて、言葉にでけへんことを既にしている人がいっぱいいて、自分が発明家でもなんでもなかったと思えたのが、すごく気持ちよかった。それに〝これは思ったことがある〟〝これも思ったことがあるけど、他の人も思ってるんや〟っていう確認作業ができたり、自分が思いもつかへんかったことを書いていることが楽しかったんですよね。

中村 それくらいの年齢っていうのは〝自分だけがこんなに暗かったりするのか

な〟とか、〝自分ってちょっと異常なんじゃないだろうか〟とか思いがちなんです。僕なんかはそういう時に本を読んで、〝あ、俺と同じくらい変な人がいる〟とか、〝俺と同じように暗い人がいる〟とか、〝俺と同じように大多数じゃないのに生きている人がいる〟とかっていうところで安心したりもしていたんですけど、そういう気持ちもありましたか？

又吉　そうですね。太宰でいうと、ここは相手がちょっと怒っているから、この怒りを鎮めるためにボケなあかんとか、ふざけなあかんとか、侮られないとあかん状況とかっていっぱいあるんじゃないですか。太宰って（その描写が）ちゃんと理に適《かな》っているというか人間の本質的なものに添ってるから、ワードだけのボケじゃなかったりするんです。で、〝なんでこんな難しいことしてんねやろう〟と思ったことが、『人間失格』の物語の中にあって。鉄棒のシーンで、逆上がりしてわざと転《こ》ける描写があるんですけど。

中村　あぁ、あれは嫌なシーン。

又吉　そうですよね？　僕は太宰を読む時、笑いを一つの目線で見てたんで、これはちょっとわざとらし過ぎてばれるから、〝この人、すごい面白い人やと思ってたけどちょっと残念な人やな〟と思ったんですよ。そうしたら、そのあとに〝ワザ。ワザ〟って書いてた。そこで〝オッケーラインだけやなくて、ここまでいったらわざとらしいっていうラインまでの感覚も一緒なんや〟と思ったら、さらにファンになって。

中村 そうそう。あれは、〝ワザ。ワザ〟という言葉を出させるために書いてますからね。それに、もう一人の男の子を出すために必要なシーンですし。

又吉 そうですよね。

中村 太宰治っていうのは、かなりの天才なんですよ。彼がいなかったら、日本文学は今みたいになっていないいんじゃないかと言われてる。つまり、入り口として最適な作家で、文章にも中毒性があるんですよ。言葉の使い方がそうなんですが、ああいう中毒性——まぁ、いろんな中毒があるんですけど——を持っている作家っていうのは実は結構少ないんです。

又吉 中村さん、太宰治は最初、何を読まれたんですか？

中村 僕も又吉くんと一緒で、最初に読んだのは『人間失格』でした。又吉くんは〝お前に最適な本がある〟と友人に言われたそうだけど、僕は単純に

又吉　『人間失格』っていうタイトルを見て、〝あぁ、俺は人間失格だから、これを読まなければならぬ〟と思い、デパートの本屋さんで買って。で、〝あぁ、ここに俺がいる〟と思ったわけです（笑）。

中村　ははは。だから、太宰治から純文学に入ったわけだけれど、すごく面白いと思うのは、入り口が太宰治で――まぁ、又吉くんの場合は『トロッコ』だけど。『トロッコ』なんていう人は初めて聞いたんだけど（笑）。そこはまぁ、いいとして――そういうような入り口から本を好きになり、芸人の道を選んだわけですよね？

又吉　はい。

中村　そこから僕は作家になったわけだけど、本というのはよく読む時期があると同時に、卒業する人もいるんですよ。でも、又吉くんはそうならなかったわけでしょ？

又吉　そうですね。

中村　自分の生活の変化ももちろんあったと思うんですけど、それでも内面世界

又吉 が揺るぎなかったんでしょうね。

中村 ずーっと本を読んでいましたね。作家になろうとは思わなかったんですか？

又吉 それは思わなかったんですよね。

中村 本と同時に観てきたお笑いというものが、自分の中で大きく占めていたからですか？

又吉 そうですね。お笑い芸人になるもんなんやと、子供の頃から思っていたので……。

中村 子供の頃から？　お笑い芸人になろうと思っていたのは。それはなぜだったの？

又吉 僕、めちゃくちゃなんですけど（笑）。

中村 うん、いいですよ。

又吉 その、ちょっと無理してた時に、みんなから面白いとか、自分が意図していないところでお前は変だとか、今の知ってる言葉でいうといじられてたんです。〝又吉〟って言ったら、みんなが笑うというか。いじめとはまた違っていたと思っているんですけど。

中村　いや、いじめだったかもしれないけどね（笑）。本人が気付いてないだけで……。

又吉　違うと信じてるんですけど……。

中村　僕も違うことを信じます……。

又吉　（笑）自分からは何もしてないんですけど、全体の朝礼で「では一人、前に出てやってもらいます」とかなったら、みんなが「又吉！」って言うんですよ。

中村　おぉ！

又吉　で、僕が出て行ったら、みんなが笑っている。目立ちたがりでもなんでもないですからほんまは嫌なんですけど、みんな笑ってると思ったらその期待には応えなあかんと人一倍思って。そんなんをやっているうちに、〝あ、芸人って仕事あんねや〟って思ったんです。それまでの僕は、どんな職業もできる気がしなかったんですよ。何もイメージできなかった。小学校三年生からサッカーをやってたんですけど、僕、プロサッカー選手になりたいっていう夢を子供の頃から書いたことがないんです。僕なんかには無理だって、ずっと思ってたんです。

中村　なるほどね。その、人を笑わせた時に快感はありました？

又吉　それはありました。

中村　そこなのかもしれないですね。つまりちょっと暗かった又吉少年が人を笑かすことによって、快感を得たんですよ。どんな職業もできる気がしなかった少年が、自分の行動で快感を得た。これはかなり強烈な経験で、そうなるとやっぱり自ずと進む道は決まってきますよね。だって、自分の行動で人が反応したわけですから。だからこそ、子供の頃からずっと芸人になると思ってたのかもしれない。謎が解けました。

又吉　そうかもしれないですね。自分の中で段階を踏んでいったエピソードと記憶しているのは、親戚みんなで遊んでいる時に、小さい川で僕が転けてびしょびしょになった時のことなんです。その時、服を脱いで葉っぱみたいなもので隠すしかなくて。意図せずにやったことなんですけど、その格好で出ていったらウケたんですよ。

中村　それはそうですよ。僕だったらまず服を着たまま濡れた自分を人々に晒します。葉っぱの姿は晒さない（笑）。

又吉　もちろん、濡れた姿は見せたんです。みんなに心配されたこともあって、大丈夫な振りをしたというか。〝ほかの人の感覚やったらふざけたりするのかな〟とか思いましたし、楽しい雰囲気を壊したくなくて。僕は心配されたり、みんなのテンションが下がったりするのがすごく嫌だったんですよね。

中村　又吉くんには〝気遣い〟っていうキーワードも当てはまりますね。ただ、気を遣うっていう表面に出てくる動きの奥に何かがあるわけですよ。なぜ気を遣うのかっていうところが。又吉くんはきっと優しいんでしょうね。だから、人の空気を汚したくないんですよ。

又吉　そうなんですかね？

中村　葉っぱで隠していったらウケるかなとは僕も思うかもしれないけど、僕だったらやらないもの。それをやるっていうことは優しいんだよ。優しくて、且つ笑いが最初の快楽だったと。

又吉 もう一つ、芸人になる方向性が子供の頃に定まった理由で、一番大きい出来事があったんです。小学校二年生の時に、一学年上の女の子を好きになったんです。

中村 おぉ。

又吉 その子と喋ったことはなかったんですけど、友達で男前のノブくんという子と学校で遊んでたら、その女の子が「遊ぼう」って言って来て。僕はドキドキしながら「何して遊ぶ?」って訊いたら、「お姫様ごっこ」って言い出して。で、どうやってやんねやろって思っていたら……。

中村 なんだか嫌な予感がする(笑)。

又吉 その子が「ノブくん王様、又吉乞食!」って言うたんですよ。

中村 あぁ、乞食か……。召使いくらいは言ってくれるかなと思ったんだけど(笑)。その頃も今くらい髪が長かったんじゃない?

又吉 そんなに長くはなかったです。

中村 じゃあ、フォローのしようがない(笑)。

又吉 ははは。で、傷つきながらも乞食を全力でやったら、その子がめっちゃ笑ってくれたんです。

中村　それは泣ける。人の期待に応えたいというか優しいというか、なんだろうね？　もしくは、わかりやすい男前のノブくんに対抗するには持って生まれた笑いだろうという思いもあったかもしれない。大多数の人はやっぱりノブくんに惹かれるじゃない？　でも、なかには全力で乞食をやっている又吉くんにキュンと来る人もいるんですよ。

又吉　いますかね？（笑）

中村　いますよ。だから、ひょっとしたら〝こういう人の評価の仕方だってあるんだぞ〟っていう反抗心の表れだったかもしれない。ノブくんの表面的なよさよりも、〝観てみろ、俺の全力の乞食を！〟っていう気持ちというかね。

又吉　そういうことを話せる人が当時、誰もいなかったんですよ。同年代の友達と喋っていても、精神的な話をすることがまずなかった。クラスの作文を書いて代表者をどうやって決めるかとなった時に手を挙げて、「一番長く書けた人が代表になったらいいと思います」って言った同級生がいたんです。僕はそれを聞いて〝みんな、アホなんやな〟って思ってましたけど、みんなは拍手して賛同していて。で、先生が「いや、でも長さよりもね」って訂正するんですけど、そうされないとわからへんねやって呆れていたんです。そういう自分って人とちょっとちゃうんかなとか思っていたんですけど、本の世界には自分と似たような奴がいっぱいおったんですよね。

中村　確かに、本の世界にはたくさんいますね。そういう意味では、僕も覚えてることがありますよ。小学校一年生の時、クラスメートの大半が本をたどたどしく読んでいたんです。それがすごく面白くて、僕もわざとたどたどしく読んでいた。そんな子供、最悪でしょう？　自分でも最悪だなと思うけど、みんなが〝えぇ～〟って思うことが昔の純文学には書いてあるんです。だから、自分もそんなに異常じゃないんだなって思えるのかもしれない。

又吉　そうですね。

中村　太宰治を読んだ時点で、本を読むことをやめる人もいるんだけど、そこから本を読んでいくっていうのもまた、又吉くんの場合は珍しいケースかもしれない。僕は本を読むきっかけであった太宰から世界文学にいったんです。

又吉　近代文学の作家やったら、誰が好きやったんですか？

中村　僕はあの辺りは太宰が一番だと思う。太宰治と芥川龍之介が好きですね。それより新しくなると、安部公房や大江健三郎さんが好きです。

又吉　そうなんですね。

中村　で、今日は異文化交流ということで訊きたいことがあるんですけれど、僕はお笑いがすごく好きで、芸人っていう職業をかなりリスペクトしているんです。だから僕はいち視聴者としてお笑いというものを観ているんですよ。でも、折角の機会だから、僕なりに又吉くんのお笑いと本の関係を考えてみたんですけれど。

又吉　はい（笑）。

中村　で、思ったのが――もちろん僕は素人で笑いについては語れないし、又吉くんの言葉と物語についてしか僕は論じられないけど――又吉くんには有名なギャグがいくつもあるじゃないですか。例えば、「おそらく僕は殺されるだろう」とか「国家にとってよからぬ思想を持っています」とか……あれ、すごく好きなんだけど（笑）。あとは「これで二十円もらえんねん」とか。この三つは全部、実は物語なんですよね。「おそらく僕は殺されるだろう」というギャグは飛び跳ねていますよね？　だけど、そうしながら「殺されるだろう」って言うその人のバックグラウンドはわからない。でも何かを感じさせる。また、「国家にとって——」のことを言うと、あのギャグは主語が不思議なんです。あの動き（腕を上下に動かす）をしながら「国家にとってよからぬ思想を持っています」と言うのは、もちろん本人が自己主張してるとも取れます。だけど、動いている人を客観視したもう一人の誰かが言ってるという二重性もあると思うんですね。又吉くんのギャグって直球ではなくて奥行きがあるんですよ。だって、動きと言葉の繋がりがシンプルなものではない。言葉と動きで幅を、奥行きをつくって、語られないけれど、その向こうに確かに物語を感じさせる。その辺りも面白いなと思っているんです。また、コントにも特徴があって、みんなが知っている『キングオブコント２０１０』の決勝で一本目にやった山姥《やまんば》のコントで言うと、又吉くん演じる山姥が笑いを取り、綾部さん演じる青年の方はあくまで真っ当を維持するっていうのが普通なんだけど――みんなもそう観てるんだけど――実は二人に関係があったということになってるじゃないですか。

又吉 そうですね。

中村 あれって、文学的にも実はかなり高度で。それはなぜかというと、その事実が出てくることによって観ている人がその前の出来事をさかのぼっていくからなんです。で、二本目の「ハンサム男爵と化け物」のコントもそうで。僕が普段、テレビでよく観るコントは日常のシーンに変な人が出て来て、いつものよくあるやり取りがその人によっておかしくなるというものが多いと思うんです。僕もそういうのは大好きなんですけどね。でも、あのコントは設定からもうゼロというか。あの二人が出て来た瞬間から、僕らの日常とは違うわけですよ。全く違う。それは完全なる物語なんです。しかも、ゼロからのね。でも、例えば又吉くん演じる化け物の余ったクレープを、綾部さん演じるハンサム男爵がビニール袋に入れるっていうあのシーンは、僕らのすごく懐かしい遠い記憶を呼び覚ましてくれるもので。

又吉 ははははは。

中村 懐かしい記憶が非日常の存在であるあの二人によって行われているっていうのが、実におかしいんですよね。また、化け物だけがおかしいっていうわけではないじゃないですか。僕が最初観た時はハンサム男爵に角はなかったんだけど、『キングオブコント２０１０』の決勝ではありましたよね？

又吉 はい。

中村 だから、ハンサム男爵もおかしいんだねっていう。つまりさっきの山姥と青年の関係もそうだけど、山姥がおかしなことを言って青年が逃げるとか、化け物がおかしくてハンサム男爵のほうがまともだっていう物語の筋道を壊しているんです。ああいう意外性を物語に入れているというのが、文学的にも高度だなと僕は思っていたんですよ。で、おそらく又吉くんは文学を研究して、あれを作ったわけではないと思うんです。ああいうコントとかああいう一発ギャグを作るのは、もちろん又吉くんの才能なんだけれど、そこにはひょっとしたら——まぁ、僕は作家だからそう思いたいのだけど——本の影響もあるのかなって思っていて。

又吉　それは絶対にありますね。

中村　でも、又吉くんは本を研究したわけじゃなく、本を大量に読んだんですよ。で、大量に本を読むと人間の中に何が起こるかと言うと、変な海みたいなものが出来あがる。特に、又吉くんの場合は純文学を読むことが多いでしょう？

又吉　そうですね。

中村　純文学っていうものをたくさん読んだ人っていうのは、自分の内面に自然と海みたいなものが出来あがるんです。で、それは作家になるとかお笑い芸人になるとか、もちろんそれ以外のいろんな職業の人達にとっても、非常に素晴らしいものなんですよ。つまりいろんな角度から物事を考えられるようになる。例えば、ちょっと難しいけど〝ポリフォニー〟っていうのがあって。〝多声性〟と書くんだけど、それはどういうことかというと、作家というのは書きたい思想っていうのをまず書いて、でも自分とは正反対の意見もわざと書くんです。普通、書き手っていうのは自分の世界の中で、自分の思い通りにやるもんなんだけど、自分と正反対の意見もわざと書いて戦わせるんですよ。戦わせたままの状況を〝多声性〟っていって純文学特有のものなんだけど、言い方を変えれば、いろんな考え方を自分の中に放り込むということになるわけです。それができると、コント作りに対してもいろんな考え方を取り入れたり、いろんな人に憑依できる。でもしつこく言うけど、研究したりしているとかではないと思うんですよ。又吉くんはたくさんの本を読んだことで海みたいなものが出来あがっていて、又吉くんが元々持っている才能が表に出る際にその海を通過してるように思うんです。それは又吉くん自身も意識していないかもしれないけど、通過することによってああいう一風変わったものが生まれてくるんじゃないかなと僕は勝手に思ったんです。このコントはこのシーンからっていう直接的な影響ではないにしろね。それは、僕が本をすごく読んでいる人からいつも感じられることですよ。そういう変な海を持っている人は芸人さんに限らず面白い。どんな職業の人でもね。もちろん僕は映画や漫画も大好きなんだけど、たくさん小説を読んでいる人にできる変な海は、どんな職業の人でも何かしら役に立つと思う。その海が、又吉くんの場合は芸人というかたちになって役に立ってくれていたら、一応、僕も作家という職業をしているので嬉しいなとは思うんだけど。

又吉　コントにしろ、ギャグにしろ、本の影響はあると思います。ものの考え方もそうで、何かを観た時にそれにまつわる物語を考えるというよりは、その奥を想像するというか。始まりから考えるんじゃなくて、その前後を考えるのが好きなんです。だから、コントも途中から始まっているのが多いんですよね。説明をしていないというか。

中村　そうそう。「おばあちゃんを助ける勇気」っていうコントあるでしょう？　あれも好きなんだけど（笑）、ある意味の裏切りがありますよね。綾部さんがツッコミだと思って観るわけだけど、ああなってるっていう。もちろん、僕はお笑いのことはわからないですよ？　わからないから、ただ僕は〝あぁ、すごいな〟って笑うだけなんだけど、あとからピースのコントを物語性において考えると、文学的にも面白いことをやっているなと思ったりするんですよ。

又吉　僕らも、作る時は論理的に組み立てたりはしてないんですけどね。

中村　そうそう。だから自然なんですよ。研究しているわけじゃなくて、自然に出来あがっているんです。又吉くんの本棚をテレビで見たことがあるんですけど、あの本棚は異常ですから（笑）。あれだけ本があったら、相当な海が出来あがっていると思いますよ。それは大きな財産だろうと思います。

又吉　中村さんがお笑いが好きなのは、なぜなんですか？

中村　毎日が辛いからです（笑）。

又吉　…………（笑）。

中村　笑いって即効性があるんですよ。笑うことって条件反射なので、憂鬱な脳みその層を飛び越えて中心まで来てくれるんです。僕の憂鬱を無視してくれる。毎日面白くもなんともないんだけど、お笑い番組を観て笑えるかどうかで自分の精神の浮き沈みがある程度わかるんです。だから、起きてすぐお笑いを観てテンションを上げて、段々と下がっていくでしょう？　寝る前にまたお笑いを観て、テンションを上げるんです。寝る時に辛いと死んじゃうから（笑）。

又吉　（笑）作家さんになると、本で救われることはなくなるんですか？

中村　すごくいい小説に出会えたら救われますが、正直、滅多にないですね。

又吉　一緒ですね。僕も昔はテンションが下がったら、お笑いと小説に助けられていたのが、芸人になるとお笑いではなかなか……。もちろん、本当に面白いものとか飛び抜けているものを観たら笑えますけど。

中村　そうか。僕にとって、笑いは救いだな。芸人というのはすごい職業で、人を笑わせる仕事というのは本当にすごいことだと思う。だって、いろんなことが必要でしょう？　動作もそうですし、言葉のチョイスもそうですしね。

又吉　僕からしたら、作家さんは憧れですよ。

中村　いやいや、なっても面白くないですよ。

又吉　面白いですよ。僕は中村さんの本を……。

中村　俺の本の話はいいんです（笑）。そうだ、でもこれは言わないとな……。又吉くんが折角取り上げてくれた『銃』ですが、今、実は色々あって刊行されてないんです。でも、ちょっと先の話になるけどまた刊行されることになってますので、興味ある人はその時に……って感じです。

又吉 中村さんとは三〜四年前に初めてお会いしたんですけれど、その前に今回収められている『銃』についてのコラムを書いたんですよね。で、ご縁があってお会いできることになったんですけど、その時、僕はフルーツポンチの村上（健志）としずるの村上（純）を連れて行ったんです。二人ともまだテレビには出ていなかったんですけど苗字が村上だから――作家さんには村上春樹さんと村上龍さんという著名な方がいるので――二人の存在が何か取っ掛かりになるかもしれないと思ったんですよ。

中村 そうでしたね。あの日、僕に「今日はご足労ありがとうございました」って言ったよね？　編集者でもあまり言わないですよ（笑）。

又吉 すごく緊張していたんです。あの日は約束の一時間前に、二人の村上と集合して。しかも、二人には「あまり派手な格好をしてこないように」って言い聞かせてたんです。

中村 あぁ、そうだったんですか。

又吉　中学時代から、いつもドキドキしながら純文学を読んでいて。そこから本が好きになって、いろんなジャンルのものも読むようになったんです。どんな本にも面白いところはあるので面白いなと思いながら読んでいたんですけど、『銃』を読んだ時に、〝これや！〟って思ったんですよね。

中村　いや、本当に僕の話はいいよ（笑）。

又吉　……………そこから最新作に至るまで。

中村　ははは。今の繋げ方は面白いね。

又吉　中村さんの書くものを、僕は本当に楽しみにしていますから。

中村　僕の話は本当に……。（と、話を即座に逸らして）そうそう。今回の本のラインナップって誰が決めたんですか？

又吉　僕です。

中村　そうなんだ。意外でした。

又吉　元々、ヨシモト∞《無限大》ホールっていう女子高生とかが来るライブ会場に置くフリーペーパーでの連載やったんで、学生に読んでもらいたい本を中心に紹介していたんです。だから、古井（由吉）さんとか大江（健三郎）さんを紹介するという感じではないかなと思って。

中村　それはそうかもしれない。

又吉　それに、本を好きになって欲しかったんです。友達におすすめの本を紹介して、「意味わからんかった」って言われることってあるじゃないですか。

中村　いっぱいありますね。

又吉　そうやって本嫌いになられるのは嫌だったんです。で、本を読むにも段階があるんかなと思って。読むのに慣れて、文体とかに興味を持っていくと、物語と文体が楽しめる本がある作品があることにたどり着くのかなと思っていたら、こういう感じになったんですよね。

中村　又吉くんはあまり翻訳文学は読まないんですか？

又吉　今から読もうかなという感じですね。

中村　それは非常にいいことですよ。今から世界文学に触れられるというのは幸せですね。幸せな経験。世界でも名作って言われているものは限られてるから、読んじゃうともうその感動は体感できなくなるしね。だから、今から読めるのは大変いいこと。又吉くんはこれから自由に読めばいいと思います。

又吉　中村さんは今、どんなものを書いてるんですか？

中村　今度、『王国』が単行本になるんですけど、その最終チェックです（注：二〇一一年十月刊行）。

又吉　『文藝』で読ませていただきましたけど、面白かったです。

中村　ありがとう。嬉しい。あれは我ながら面白いと思う（笑）。でもまあ、僕の話はいいの。そうだ。これも訊きたかったんですが、今後の目標ってあるんですか？

又吉　目標……難しいですね。一番難しいところですね。

中村　そうだよね。

又吉　まず生きていこうとは思っています。

中村　それはいいね（笑）。最近、忙しそうだけど、本を読む時間ってやはり減ってますか？

又吉　前よりは減っているかもしれないですね。

中村　でも、いいものを読めばそれでいいですよ。

又吉　そうですね。中村さんは以前、寝る前に漫画を読んでいると言ってましたけど、今も続けているんですか？

中村　うん。今は上村一夫を読んでいます。

又吉　あ、そうなんですか。実は僕も好きなんです。

中村　本当に⁉

又吉　『関東平野』が好きで。

中村　あれって売ってる？

又吉　僕は古本屋で買いました。すごく高いんですよね、古本屋だと。

中村　定価でも千八百円くらいするんだけど、『しなの川』とかいろいろ買って、今は『淫花伝』を読んでる。あんなに女性をきれいに書く人はなかなかいないですからね。ただ、知りようがないよね？　上村一夫なんて。どうやって知ったの？

又吉　誰かにすすめられたんだと思うんですけど……。同じくすすめられて読んだ『赤色エレジー』（林静一）と似たような絵の人やったから、同じような話なんかなみたいな（笑）。期待を込めて買ったのが最初の出会いだったかもしれないですね。

中村　僕は本屋に行った時に見つけて、〃エロっ！〃と思ったんです。先日、韓国へ行く時に飛行機が怖いから、文庫本で持っていけないかなと本を探していた時に、『狂人関係』という本を見つけて。タイトルからして〃面白いに決まってるじゃん！〃と思いながら、実際、機内で読んだら本当に面白かった。すごく絵がエロいから隣りの席に座ってたおじさんが気にして覗き込むんだけど、絶対見せてやらないようにしてた（笑）。

又吉　はははは。

中村　いやぁ、あれはすごいよね。昔の漫画って、影響を受けてるのが小説なんですよ。今の漫画は漫画に影響を受けてるから、やっぱり漫画なんです。もちろん、漫画は漫画で僕も大好きだからいいんですけど、昔の漫画は漫画と小説が混ざっているような感じがして非常に心地がいい。だから、今はすごくハマっているんですよね。やはり又吉くんとは好きなものが似てますね。

又吉　そうですね。光栄です。

さいごに

今回紹介させていただいたのは大好きな本ばかりです。今回紹介できなかった大好きな本も沢山あります。読書という趣味を見つけたことにより僕の人生から退屈という概念が消えました。作家の皆様、本屋の皆様本当にありがとうございます。

そして、僕がファンだということで一方的にお願いした対談をこころよく受けて下さった中村文則さん本当にありがとうございました。中村さんの新作が読める限り生きて行こうと思います。

とりあえず、僕はこの原稿が書き終わったら近所の古本屋に行ってきます。

写真：吉次史成
デザイン：横須賀 拓
編集協力：高本亜紀
協力：湯浅光世（よしもとクリエイティブ・エージェンシー）
JASRAC 出 1114448-519

初出

『尾崎放哉全句集』　書き下ろし
『昔日の客』　書き下ろし
『夫婦善哉』　書き下ろし
『杏子（『杏子・妻隠』より）』　書き下ろし
『炎上する君』　書き下ろし
『万延元年のフットボール』　書き下ろし
『赤目四十八瀧心中未遂』　書き下ろし
『サッカーという名の神様』　書き下ろし
『何もかも憂鬱な夜に』　書き下ろし
『世界音痴』　「YOOH!」No.1（2006年4月号）
『エロ事師たち』　「YOOH!」No.2（2006年5月号）
『親友交歓（『ヴィヨンの妻』より）』　「YOOH!」No.3（2006年6月号）

『月の砂漠をさばさばと』「YOOH!」No.4（2006年7月号）
『高円寺純情商店街』「YOOH!」No.5（2006年8月号）
『巷説百物語』「YOOH!」No.6（2006年9月号）
『告白』「YOOH!」No.7（2006年10月号）
『江戸川乱歩傑作選』「YOOH!」No.9（2006年12月号）
『螢川・泥の河』「YOOH!」No.10（2007年1月号）
『中陰の花』「YOOH!」No.12（2007年3月号）
『香水　ある人殺しの物語』「YOOH!」No.13（2007年4月号）
『イニシエーション・ラブ』「YOOH!」No.14（2007年5月号）
『山月記（『李陵・山月記』より）』「YOOH!」No.15（2007年6月号）
『コインロッカー・ベイビーズ』「YOOH!」No.16（2007年7月号）
『銃』「YOOH!」No.17（2007年8月号）
『あらゆる場所に花束が……』「YOOH!」No.18（2007年9月号）
『人間コク宝』「YOOH!」No.19（2007年10月号）

『アラビアの夜の種族』「YOOH!」No.20（2007年11月号）
『世界の終りとハードボイルド・ワンダーランド』「YOOH!」No.21（2007年12月号）
『銀河鉄道の夜』「YOOH!」No.22（2008年1月号）
『逃亡くそたわけ』「YOOH!」No.23（2008年2月号）
『四十日と四十夜のメルヘン』「YOOH!」No.24（2008年3月号）
『人間失格』「YOOH!」No.25（2008年4月号）
『異邦の騎士（改訂完全版）』「YOOH!」No.26（2008年5月号）
『リンダリンダラバーソール　いかす！バンドブーム天国』「YOOH!」No.27（2008年6月号）
『変身』「YOOH!」No.29（2008年8月号）
『笙野頼子三冠小説集』「YOOH!」No.30（2008年9月号）
『ジョン・レノン対火星人』「YOOH!」No.31（2008年10月号）
『夜は短し歩けよ乙女』「YOOH!」No.32（2008年11月号）
『袋小路の男』「YOOH!」No.33（2008年12月号）
『パンク侍、斬られて候』「YOOH!」No.34（2009年1月号）

『異邦人』「YOOH!」No.35（2009年2月号）
『深い河』「YOOH!」No.36（2009年3月号）
『キッチン』「YOOH!」No.37（2009年4月号）
『わたしたちに許された特別な時間の終わり』「YOOH!」No.38（2009年5月号）
『友達（『友達・棒になった男』より）**』** 書き下ろし
『渋谷ルシファー』「YOOH!」No.10（2007年1月号）
『宇田川心中』「YOOH!」No.10（2007年1月号）

「YOOH!」はヨシモト∞（無限大）ホール発のフリーペーパーです。
（二〇〇六年三月～二〇〇九年七月発行）

本書は文庫オリジナルです。

第《だい》2図書係補佐《としょがかりほさ》

又吉直樹《またよしなおき》

平成23年11月25日　初版発行
平成27年7月25日　19版発行

発行人――石原正康
編集人――永島賞二
発行所――株式会社幻冬舎
〒151-0051東京都渋谷区千駄ヶ谷4-9-7
電話　03(5411)6222(営業)
　　　03(5411)6211(編集)
　　振替00120-8-767643
印刷・製本―株式会社 光邦
装丁者――高橋雅之
　　　　米谷テツヤ

幻冬舎よしもと文庫

ISBN978-4-344-41769-4　C0195　Y-17-1